迷い子の櫛

むすめ髪結い夢暦

倉本由布

集英社文庫

目次

迷い子の櫛　むすめ髪結い夢暦

一　迷い子の櫛

一

朱塗りの櫛《くし》。雪輪に桜文様《さくらもんよう》。

我知らずに卯野《うの》は、それを声に出して読み上げていたものらしい。

「雪に桜か」

ふいに、武井虎之介《たけいとらのすけ》の声がした。

江戸橋のたもとである。下を流れる日本橋川《にほんばしがわ》には猪牙舟《ちよきぶね》や漁船がにぎやかに行き交う。大きな屋形船の姿もあり、あれはきっと大川へ船遊びに出かけようというものなのだろう。

八月のあたま、江戸の町には夏の名残《なご》りの気《け》だるい熱が溜《た》まっていた。

卯野は広小路《ひろこうじ》の喧騒《けんそう》を背にし、親柱《おやばしら》のそばに建つ石標を見ていた。

振り向くと、すぐ後ろから虎之介が、おなじものをのぞき込んでいる。

意外な出会いに驚き、そして、卯野はとても嬉《うれ》しくなった。虎之介と会うのは長屋への引っ越しの日以来だ。

「髪結いの帰りか」

訊《たず》ねられ、卯野は苦笑した。残念ながら、そうではなかった。

女髪結いになるのだと、名乗りを上げはしたものの、つい最近まで八丁堀《はっちょうぼり》に住まう武家の娘だった卯野にはなんの伝手《つて》もない。簡単に仕事をもらえるわけはない。

「だったら、何をしている」

卯野は、昔からよくしていたように、橋を渡る女たちの髪をながめに来たのである。

「虎之介さまは、なぜここに」

卯野が訊ね返しても、虎之介は、くちびるの端を上げてにやりとしてみせるだけだった。

訊《き》くのは野暮、そう言われたのだと思った。ならばと、こちらも笑ってみる。

ともあれ、虎之介は下の船着場から上がってきたところのようだ。

「雪に桜」

虎之介が言った。

「なんのことだ」

「ああ、これです」

卯野は背後の石標を指さした。

迷子石、迷子しらせ石などと呼ばれるものである。迷子になった子どもを捜す親、あるいは、迷子を預かりその親を捜す者が、子どもの特徴など書いた紙を貼っておく。うまく情報が行きあえば、子どもは無事、親元に戻れるというわけだ。

四角い柱で、向かって右側の面に〝知らする方〟とあり、左側には〝たずぬる方〟。卯野が見ていたのは〝たずぬる方〟のほうで、こちらにあるのは迷子を捜す親が貼ったものである。

「雪輪に桜文様のある、朱塗りの櫛を持った子を捜しているんですって」

それは、どんな櫛だろう。

卯野は思い描いてみた。

象牙《ぞうげ》だろうか、柘植《つげ》だろうか。文様は蒔絵《まきえ》で描かれているのか。螺鈿《らでん》かもしれない。雪の結晶を表した輪のなかに、桜。雪のなかの桜。きっと、きれいに違いない。

「迷子になるような小さな子どもが、そんな櫛を持ってるものかな」

虎之介が首をかしげた。

卯野は、貼られた紙を改めて読み直してみた。そして「あら」と声を上げる。

「この迷子さんのお歳《とし》……」

「なにやら奇妙な迷子だな」

迷子は女の子で、今年、十六歳だというのだ。

卯野の住まいは、日本橋南、呉服町《ごふくちょう》にある長屋である。

千代田のお城の堀に面した通りの奥、路地を入ってすぐにある二階家で、卯野は母の八重《やえ》とふたり暮らしをしている。

代々、北町奉行所の吟味方与力《ぎんみかたよりき》をつとめてきた浅岡《あさおか》家の娘であった卯野が、武家の身分を捨て、母と八丁堀を出てからまだ日は浅い。

当主である兄・周太郎《しゅうたろう》が、つけ火の濡《ぬ》れ衣《ぎぬ》を着せられた末、身の証《あかし》を立てるために腹を切るという思いがけない出来事が起きたのをきっかけに、八重は浅岡家を終わらせると決めた。

子どものころから髪結いが得意だったため、女髪結いとして身を立てるべく奮闘中というのが卯野の今の身の上なのだ。

「どうだ、今の暮らしは。少しは慣れたか」

虎之介は卯野に訊ね、八重のご機嫌うかがいもしたいからと送ってくれることになった。

「慣れた、とはまだ言えません」

卯野は、肩をすくめながら笑った。

「お母さまとふたりきりの暮らしというのにには、さすがにもう慣れたのですけれど」

長屋で暮らすことには、なかなか慣れない。

「困っているとか悩んでいるとか、そういうわけではないんですよ」

そんな話をしながら表通りの八百屋や魚屋といった店をのぞき、ぶらぶらと歩く。

長屋木戸をくぐろうとしたところ、中から男の子がふたり、飛び出してきた。

向かいに住む豆腐売りの、幼い息子たちだ。ぶつかりそうになったのを、危ういところで飛びのいて立ち止まり、こちらを見上げた。

「ごめんよ」

威勢よく謝ってきたものの、相手が卯野とわかると、ふたりは気まずげに目をそらす。そのまま走り去ったので、

「あら、いいのよ」

答えた卯野の声は宙に浮いてしまった。

虎之介が、男の子たちの背を呆《あき》れたように見送った。

その子たちの母親が、子どもたちを追って走り出てくる。卯野に気づくと愛想笑いを浮かべ、ちいさく頭を下げはするのだが、声をかけてはこなかった。

「さっきの迷子石だが」

虎之介は、またその話を口にした。

「なんだろうな、十六歳の迷子。ちょっと調べてみるかなあ」

「そんなに気になりますか」

「おまえは気にならないのか」

「何かわかったら教えていただきたいくらいには、気になります」

「よし。じゃあ教えてやる」

そのとき、

「やだねえ、岩三《いわぞう》さん、こんな時間にどこで呑《の》んできたのよ」

木戸を出て行った母親が、大きな声を上げた。千鳥足でやって来るのは、豆腐売り一家の隣家に住む男だ。娘とふたり暮らしだというが、何で生計を立てているのか、卯野は知らない。

岩三というその男は、卯野と虎之介に目をくれないどころか気づいている様子もなく、卯野の肩にどすんとぶつかってゆく。

「おい、謝れ」

よろけた卯野を、虎之介がすかさず、かたわらに引き寄せて抗議した。しかし、岩三は振り向きもしなかった。足元とおなじく手にも力が入らないのか、住まいの腰高障子《こしだかしょうじ》を開けることが出来なくて何度も大きく震わせている。結局、中にいた娘が戸を開き、

「おかえり、お父《とつ》つぁん」

と、やさしく父親を引き入れた。卯野と似たような歳に見える少女だった。

そんな様子を見るともなしに見守ってしまったあと、虎之介はぽつりと呟《つぶや》く。

「おまえ、ここでいじめられてるとか言わねえよな」

「まさか。違います」

卯野は苦笑し、寄せてくれたままの虎之介の手からそっと離れた。

「単に、まだ互いに馴染《なじ》めていないというだけのことだと思うんです」

「確かに、こんなところにいきなり八丁堀生まれの母娘が住み着いたら、どうしたらいいものやら向こうもわかんねぇだろうな」

納得は、したようだ。

正直、もう少し環境のよい住まいを借りる蓄えがないわけではない。しかし、こうして何度も暮らしが変わる不安定さを味わってしまうと先々を楽観視することは出来なくなる。なるべく手堅く生きてゆかなければとの警戒心が、やはり生まれるものなのだ。

卯野の住まいの軒下には、

『女髪結いうけたまわります』

虎之介が書いてくれた看板が吊《つ》るされている。それを横目に見ながら、卯野は腰高障子を開けた。

「ただいま戻りました」

「おかえりなさい」

驚いたことに、応じたのは花絵《はなえ》であった。

八重は奥の障子を背に縫いものをしており、火鉢をはさみ向かい合って座る花絵がにこにこと卯野を見上げていた。

「花絵さん、どうしてここに」

「千鶴《ちづる》お嬢さんのお使いでまいりました。お卯野さんに会えると思って楽しみに来たのよ。なのに、どこに行っていらしたの」

「千鶴がなんだって」

卯野のあとから、虎之介がひょいと顔を出す。すると、花絵の目がまんまるに見開かれた。

「虎之介さまこそ、どうしてこちらに」

「江戸橋で卯野を拾った」

「橋のたもとですか」

花絵には、卯野が何をしに出かけたのかがすぐ、わかったようだ。

花絵は、袋物を扱う大店《おおだな》・叶屋《かのうや》の次女である。今は行儀見習いとして武井家の奉公に出ている。卯野も周太郎の死後しばらく武井家で奉公人として世話になっており、そのときに知り合った。

見た目は清楚《せいそ》で美しい娘だが、中身は少々、わがまま。おそらくそのため家の者たちが手を焼き、武井家に預けたのだろう。卯野はそのように見ているのだが、実際の理由は知らない。

ともあれ、常にきれいでありたいと望む花絵と、きれいなものが好きな卯野とは次第に気が合うようになり、今では仲のよい友だちだ。

花絵とも、武井家を出て以来、会っていなかった。久しぶりに、にぎやかな花絵の声を聞き、卯野の心は浮き立った。

「髪結いの仕事で出かけているのかと思っていたわ」

「残念ながら」

ため息をついてみせつつ、卯野は土間を上がる。

「白屋の娘さんたちの髪結いを頼まれるほか、さっぱり仕事はいただけないの」

「白屋へは、よく行くのかしら」

「ときどきですよ。お内儀《かみ》さんが、あの子たちにご褒美をあげてもいいと思われたとき、私を呼んでくださるの」

「ふうん」

唸《うな》る花絵の隣に、卯野は腰を下ろした。

花絵はさらに何やら話を続けようとしたらしい。ところが、虎之介が土間に立ったまま割って入った。

「千鶴の使いというのは、なんだ」

千鶴は武井家の娘で、虎之介の妹である。

邪魔をされて気を悪くしたのだろう、花絵は、虎之介を睨《にら》んでみせつつも素直に答えて、

「八重さまにこちらを、と」

かたわらに置いたものを取り上げる。

「いただきもののおすそ分け。野田のお醤油《しょうゆ》です」

伊万里焼《いまりやき》の徳利《とつくり》だった。乳色の地に、藍《あい》で、さらりと魚が描かれている。目にだけ、あざやかな朱が使われているのがきれいで、惹《ひ》かれる。

卯野は徳利をのぞき込み、虎之介と八重は互いに近ごろの様子を訊ね合いながらの雑談を始めた。

徳利をかざし、卯野に見せてやっていた花絵が、口を開いた。

「そういえば、あたし、いいことを思いついたの」

徳利を置く。

「髪結いの仕事のこと。どうしたらお卯野さんのお客が増えるかってこと」

それはぜひ、聞きたい。

卯野は居住まいをただした。

「まずは」

と、花絵の声も改まる。

「厳しいことを言わせていただきますよ。お卯野さん、あなたはね、商いというものをわかっていません。それがいけない」

偉そうなお小言から始まったのだが、卯野は素直に頷《うなず》いた。その通りだからだ。

武家に生まれ育ち、つい先日、町の者になったばかりの、しかもたった十六歳の卯野が、商いというものをわかっているはずがない。その点、花絵は商家の娘だ。だから、花絵の思いついた〝いいこと〟には、おおいに期待をしてしまう。

「大事なのは、まずは知ってもらうこと。今はまだ、お卯野さんという髪結いがいるということすら誰も知らないでしょう」

「でも、虎之介さまが看板を作ってくださいました」

「確かに、あの看板にも意味はあります。でもね、限られた人の目にしか留まらないでしょう」

「なるほど」

「もっと多くの人に知ってもらって、お卯野さんという髪結いの名が皆の口にのぼるようにならなくちゃ」

卯野はまた、素直に頷くだけだ。

「それには、ぜひともお卯野さんに髪結いを頼んでみたいと思わせる何かが必要なんです」

「〝何か〟って、どのような」

「たとえばお蔦《つた》さんなら、気に入るお客でなきゃ引き受けないという心意気。それがより一層、お蔦さんに結ってもらうことへの憧れを強くしているでしょう」

お蔦は隣に住む女で、今、江戸で一番との評判を取っている人気の女髪結いだ。

卯野の義姉《あね》・千世《ちせ》の髪結いを頼んだことで知り合った。周太郎のことがあって八丁堀を出たのち、卯野の腕を認め、髪結いになることを勧めてくれたのはお蔦である。

「そこで、あたしは考えました」

花絵は、得意げに鼻を上向けた。

「〝恋が叶《かな》う〟」

ひどく、もったいぶった調子である。

「恋、ですか」

卯野は戸惑い、首をかしげた。

「そう、恋。お卯野さんに髪を結ってもらうと恋が叶う。そんな噂《うわさ》を広めるの。娘たちはきっと飛びつくに違いないわ」

花絵は自信満々に言い、噂を広めるのは自分にまかせてほしい、恋を夢見る娘たちなら何人も知っている――と請け負った。

しかし卯野は眉をひそめた。

「私が髪を結ったって、恋なんか叶いやしませんよ」

「なにも本当にそうならなくてもいいのよ。あくまでも噂」

「噂というより、嘘《うそ》になってしまうわ」

「嘘も方便というじゃありませんか」

商いに大事なのはそこなのだと、花絵は熱心に説いた。

広げる風呂敷は大きなほうがいい、そしてとにかく、まずは人の目を集める。

「噂を信じた誰かが、お卯野さんに髪結いを頼んでくる。お卯野さんの腕前を知ってもらえる。そして次の仕事が舞い込んでくる。もしかしたら、その次の仕事も」

「そんなにうまくいくかしら」

「うまくいかせるのよ、自分の腕で。自分を信じて。お卯野さんは素晴らしい髪結いさんよ」

などと花絵が褒めてくれるので、卯野も次第にその気になり始めた。

噂を信じて髪結いを頼んでくれる娘がいたら、心を込めて、きれいにきれいに仕上げてあげたい。すると本当に、その娘の恋も叶うかもしれない。女は、髪がきれいになったというただそれだけのことでも自信が湧き、さらに美しくなるものだからだ。――千世がそうであったように。

「お江戸の娘たちの恋を叶えるむすめ髪結い、お卯野。いいじゃない」

花絵がうっとりと微笑《ほほえ》んだところへ、虎之介が水を差す。

「おい、いいかげんなことを卯野に吹き込むなよ。花絵だって、商いのなんたるかなんざ、まるでわかっちゃおらんだろうに」

花絵は、ぷくっとふくれた。

「いいかげんだなんて、ひどい。あたし、お卯野さんのために一生懸命、考えたんですよ」

その気持ちが嬉しくて、卯野も花絵に味方した。

「髪結いを頼むような皆さんはもうそれぞれ、お願いする髪結いさんが決まっていると思うんです。私が仕事をいただこうと思ったら、まだ髪結いを頼み慣れていないような若い娘さんたちに絞って訴えるのはいいことかもしれませんよね」

その意見には虎之介も「なるほど」と頷いた。

そんなわけで花絵は、まずは自分にまかせておいてと豪語し、帰っていった。

とはいえ、それを頼りにのんきにしているわけにもいかない。卯野は卯野で新しい客を得るにはどうしたらいいものかと考えていたところ、訪ねてきたお蔦が、

「あたしのお客のところの娘さんが、どうやら気にしていらっしゃるようでしたよ」

と、教えてくれたのだ。

「〝お江戸の娘たちの恋を叶えるむすめ髪結い、お卯野〟」

芝居がかった調子で言い、お蔦は笑った。

「花絵さんの企てですってねえ。虎之介さまからうかがいました」

お蔦は千鶴の髪を結っており、虎之介とも親しい。

いや確か、虎之介のほうと先に知り合っていたはずだ。どのような縁があったのだろうと、卯野は時々、不思議に思うのだが、まだ訊ねてみたことはない。

「で、仕事はいただけたんですか」

卯野は、ただ苦笑した。今のところ、さっぱりなのだった。

仕方なく、いつどこから仕事をもらってもいいように、髪結いの腕を磨く毎日である。自分の髪をほどいて結い、ほどいて結いを繰り返す。ひとつの髪型を仕上げるのではなく、ある日は髷《まげ》だけを様々に作ってみたり、次の日は鬢《びん》、その次の日は髱《たぼ》、などと試してみる。

お蔦はそれを知り、

「よろしければ、これをどうぞ。お勉強の役に立つはずですよ」

雛形帳《ひながたちよう》を持ってきてくれたのだった。

東西を問わず、当世の流行《はや》りの髪型がたくさん描かれている。前から見た図、後ろから見た図に横から見た図と詳細なもので、実はお蔦の手製なのだそうだ。

「絵もお上手なんですねえ」

すっかり感心しながら、卯野は見入った。

早速、ざっと見ただけでも気になったあれこれをお蔦に訊ねて教えを請う。次第に熱が入り、卯野が早口になってゆくのに呆れたのか、母の八重が口をはさんだ。

「卯野、それではお蔦さんが疲れてしまいますよ」

「いいえ、あたしも楽しいですから」

お蔦は笑ってくれたが、ひと休みしておやつでも、ということになった。

煎餅《せんべい》をつまみながら、お蔦が「そういえば」と、また虎之介の名を出した。

「江戸橋のたもとにある迷子石のことを気にして、何やら調べまわっていらっしゃいましたよ」

「本当に調べていらっしゃるんですか」

「お嬢さんもご存知なのですか」

「はい、虎之介さまと一緒におりましたから」

お蔦はいまだ、お嬢さん、と卯野が武家の娘だったころの名残りの滲《にじ》む呼び方をする。何か意味があるのか、単に呼び方を変えるきっかけがないだけなのか、理由はわからない。それでも卯野にしてみると、おなじ髪結いとしてまだ認められていないからだろうか等々、いらぬ推量をしてしまうのだった。

「俺は暇だからな、なんて笑っておられたけど、わからないじゃないわっ。あたしも気になりますもん。十六歳の迷子だなんて、奇妙な話ですからねえ」

その晩の、夜四ツ（午後十時ごろ）を過ぎ、長屋木戸も閉まったころ。

八重はすでに二階の寝間に上がっていったが、卯野は行灯《あんどん》のそばに寄り、淡い灯《あか》りを頼りにお蔦の雛形帳を見ていた。

ふと、外に人の気配があることに気づいた。

誰かの足音がする。ひそひそとした話し声も聞こえ、それがいつまでも止《や》まない。外の路地に誰かいるのだ。

さすがに気になり、髪結いの勉強に没頭できなくなった。卯野は土間に降り、そっと障子を開けてみた。

月あかりがきれいに差す夜だった。外のほうが、ずっと明るい。辺りを見回すと、閉まった木戸の内側にたたずむ男女ふたりの姿があった。

顔はよく見えないが、まだ若いふたりのようだ。長屋の誰かだろうか。怪しい者には思われなかったので、卯野は首を伸ばして様子をうかがった。すると、ふたりの会話が耳に入った。

「お帰りにならなくちゃ」

「もう少し」

「いけません。木戸も閉まってしまったんですよ」

「木戸番には言い含めてあるから気にしなくていい」

「お願い、あたしを困らせないで」

「なぜ困る」

男が、ふいに女を抱きすくめた。

「もうこんなふうに会わなくちゃならないのは嫌だ」

「お父つぁんが……」

「知るものか。このままおまえを連れて帰る」

「だめです。だめよ」

女のほうは、そう言いつつも男にすがりついている。どうやら、恋人同士の夜中の逢《おう》瀬《せ》を垣間見《かいまみ》てしまったらしい。しかも、訳ありのふたりのようだ。

のぞいていてはいけない、とは思うのだが、つい目を離せなくなった。月あかりに浮かび上がるふたりの姿は妖《あや》しくも艶《あで》やかで、なんとも言えずきれいなのだ。あまりにきれいで、悲しくなってくるほどだ。

幸せな恋人たちではないのだろう。

やがて、男は名残りを惜しみつつも帰っていった。女は長いあいだ、そこに佇《たたず》み、もう見えなくなった男をいつまでも見送っていた。

女が住まいに戻ろうとする前に引っ込んでしまわなければと卯野がそうっと動いたおなじとき、女もこちらを振り向いた。目が合ってしまい、ばつの悪い思いをしながら、卯野は会釈をする。

女は応えず、目を伏せて走り出すと、自分の住まいに駆け込んだ。

卯野の前を通り過ぎるとき、女の顔がはっきり見えた。酔っ払いの父親・岩三を、やさしく迎えていたあの娘であった。

二

長屋の路地は、一日のうちで朝が一番にぎやかだ。

ここに来たばかりのころ、その中に入って行くのは気後れがして、皆が住まいに引っ込む時間を待って水汲《みずく》みや洗面に出たものだった。

しかしある朝、お蔦が自然な調子で誘いに来て、卯野と八重を連れ出してくれた。他の住人と特に言葉は交わさなかったが、黙ったままでいても別に誰も気にすることはないようなのがわかったため、以来、変な気を使うことはなくなっている。が、やはり、お蔦がいないと話す相手もおらず居心地が悪いのは変わらない。

今朝は幸い、路地に出て行くとお蔦がいて「おはよう、お嬢さん」と声をかけてくれた。卯野も挨拶を返しながら、昨夜《ゆうべ》のことをお蔦に話してみようかどうしようかと思案する。

と、そのとき、ふいにどこかで悲鳴が上がった。驚いて身をすくめたあと、お蔦と目を合わせる。

「小春ちゃんだわ」

叫ぶと、お蔦は走り出した。行き先は、卯野の住まいの斜向《はすむ》かい。ということは岩三とその娘、つまり昨夜のあの娘の住まいである。小春、というのは娘の名前であるのだろう。

閉じた障子の前に立ち、お蔦はやさしく呼びかけた。

「小春ちゃん」

応えはない。それでも何度か声をかけると、少しだけ障子が開いた。奥に誰かいるのが、お蔦の背後に立つ卯野にも見えた。

「どうかしたの、小春ちゃん」

訊ねたお蔦が、そのすぐあとに息を呑む。

卯野も身を乗り出した。住まいの中をただよう、むせそうになるほどの酒臭さに顔をしかめる。

「ああ、またなの、その顔」

お蔦が苛立《いらだ》たしげに呻《うめ》いた。

土間の暗がりに潜むように立っている娘の顔が、見るも無残に腫れ上がっているので
ある。顎から右の頬、目のそばまでが大きく膨れて、紫や赤のまだらに染まっている。

くちびるが切れて血で汚れてもいる。

「大丈夫です、冷やせば治るから」

「岩三はどうしてるの」

「寝ちまいましたから、もう暴れません」

「まったく」

どうやら父親に殴られたらしい。

「おいで。手当してあげるから」

お蔦が言っても、小春は首を振るばかりだった。

「お父つぁんが起きたとき、留守をしてたらまた暴れるから」

「そうしたら、番屋まで走って誰か呼んできてあげるよ」

「だめ。次に何かあったら小伝馬町《こでんまちよう》の牢屋敷《ろうやしき》にそのまま放り込んでやるって脅されてるの」

「いいじゃないの、そうでもしなくちゃいつまでもあのまんまだよ、あの男」

小春が岩三に殴られるのは、日常のことのようだ。

父親が子どもを、しかも娘を殴る——そういうこともあるのだと、卯野も知らないわけではない。しかしやはり、どこか遠い場所での出来事でしかなかった。少なくとも八丁堀時代の卯野の身近では、そんな話など聞いたことがない。

呆然《ぼうぜん》と立ち尽くす卯野の腕に、八重がそっと触れてきた。

「卯野、これを」

いつの間に出てきたのか、八重の手には手ぬぐいがある。慌てて摑《つか》んできたのだろう、まだ乾いたままだった。我に返ると、それを受け取り、

「私、濡らしてきます」

卯野は井戸まで走った。

たっぷりの井戸水で湿らせ、ゆるく絞る。また走って戻ると、小春の住まいの前には人が増えていた。豆腐売りの女房の姿もある。心配して小春に声をかける者、ただ遠巻きに見ているだけの者、様々だった。

卯野は、そんな人々をかき分けて小春のそばに寄った。

「冷やしましょうね」

そっと、手ぬぐいを頬に当ててやった。

「ありがとうございます」

小春は目を上げ微笑むのだが、なんとも弱々しくて、いじらしい。

「若旦那さんを呼んできたよ」

男の子の声が上がった。豆腐売りのところの上の息子が、ひとりの男を連れ、走ってくるのが見える。

柄の大きな男だ。背が高く、肩幅が広く、首が太い。けれどもその首の上に乗っているのは、おだやかでやさしげな顔だった。上等そうな木綿の紺縞《こんじま》を着た、品のいい男である。おそらく、昨夜の男に違いない。

「芳太郎《よしたろう》さんだ」

お蔦が呟いた。

「どなたですか」

卯野が問う。

「堀留町《ほりどめちょう》にある薬屋の上総屋《かずさや》さんの、若旦那さんですよ」

お蔦は、卯野の耳に囁《ささや》いた。

上総屋なら卯野も知っている。腹痛によく効く丸薬で有名な薬屋である。大店といっていい店のはずだが、なぜそこの若旦那がこんな長屋に——と思う間もなく、小春が卯野の手を振りきり駆け出した。

「若旦那さま」

芳太郎が広げた腕の中に飛び込んでゆく。

「大丈夫、もう大丈夫だ。こうして、わたしが来たんだからね」

芳太郎は、さも大事そうにやわらかくやさしく、小春を抱きしめている。しかし、

「今度こそ、岩三を牢に放り込んでやるべきだよ」

憎々しげに言う声は厳しく、小春の住まいを見る目も険しい。中にいる岩三を睨みつけているつもりなのだろう。小春は、また首を振った。

「だめです。それはだめ」

「でも小春、おまえがそんなに我慢する義理はないんだよ」

「いいえ、あたしのお父つぁんなんですもの、牢に入れるなんてそんなひどいめにはあわせられません」

「でもね、小春」

「だめです」

きっぱりと言い、芳太郎から少し体を離した。

「岩三は寝入ったんだね」

「はい」

「起きるころには酒も抜けているか」

「そう思います。だから大丈夫」

「とはいっても、また呑むまでのことだろう」

芳太郎は、小春を連れてゆきたいと熱心に説いた。しかし小春は頷かなかった。ついに、

「若旦那さん、あたしが気をつけてるようにしますよ」

豆腐売りの女房が口を出す。卯野もそれに倣った。

「私も気にかけているようにします」

豆腐売りの女房が、驚いた目で卯野を見る。

芳太郎はそれでも渋っていたものの、小春も頑固に大丈夫だと言い張るので、引き下がるしかない。小春の肩に腕をまわし、うながして歩かせると住まいの腰高障子を開ける。中に入り、岩三の様子を確かめているようだ。

卯野も、戸口からのぞき込んだ。

卯野の住まいとは違い、こちらは間口が二間《けん》で奥行は二間半と狭く、二階もない。戸口から見えるものだけがすべてだ。土間を上がった板の間に筵《むしろ》が敷かれ、その真ん中に

岩三が、大の字の高鼾《たかいびき》で寝ていた。

「やはり連れて帰りたいな」

「いいえ、あたしは大丈夫」

またそんなやりとりがあったが結局、芳太郎は「とにかく医者を連れてくる」と言い置き一旦、去った。

集まっていた長屋の皆も、ぞろぞろと引き揚げてゆく。八重も先に戻り、残ったのは卯野とお蔦、小春、豆腐売りの女房の四人である。路地に立ったまま、芳太郎が戻るのを待った。卯野はまた手ぬぐいを濡らしに行き、小春の顔を冷やしてやった。誰も口をきかない。

やがて戻ってきた芳太郎は、小春の住まいで医者に診《み》てもらうのを渋り、

「では、あたしのところで」

お蔦が申し出て、豆腐売りの女房と卯野が最後に残った。

「よくあることなんですか」

卯野が訊ねると、豆腐売りの女房は苦々しげに顔を歪《ゆが》める。

「お嬢さんがここに来てからは初めてだったかねえ。小春ちゃん、よく耐えてるって、不思議なくらいにひどいんだよ」

小春親子は、一年ほど前からこの長屋に住んでいるという。

「前は、亀戸村《かめいどむら》で百姓をしていたんだって」

亀戸村は、大川を渡ってまだその先、江戸のはずれといっていい場所にある。天満宮があり、藤の名所として有名で、卯野も、母や義姉と共に出かけて行ったものだった。しかし、にぎやかなのは天満宮まで。その向こうは百姓地になっている。

青物を作っていた。ウリやカボチャ、ナスに菜っ葉、大根、芋。それらは青物問屋に納められ、市場で売られるのだが、上総屋の内儀が大根を気に入り、わざわざ、誰が作ったものなのか問屋まで訊ねてきたのだそうだ。以来、上総屋とのつきあいが出来、直接、届けに行くようになった。

「で、若旦那さんと知り合ったんですね」

「そういうこと。小春ちゃんがここに来たときには、もう若旦那さんが付き添っていたよ」

「岩三さんは、お百姓だったころからあんなに呑んでいたのかしら」

「それがね、真面目な男だったのが、女房を亡くしてから急に変わっちまったんだってさ」

娘とふたりで残された岩三は、畑を親類の者に譲り、小春を連れて江戸に出てきた。

「お仕事は……」

「なーんにもしてないよ。小春ちゃんが、仕立てをしたり洗濯の手伝いに行ったり子守を引き受けたり、賃仕事をいくつも掛け持って暮らしを立ててる。たぶん、若旦那が面倒をみると言ってるんだろうけど、領かないんだろうね。あんな父親を連れてる身で囲い者になるのを良しとするような子じゃないからね、小春ちゃんは」

小春をよく知らない卯野にも、それは充分、納得がいった。痛くてつらいだろうに、泣き声をもらさずに耐えていた。よほど心の強い娘でなければ、ああはいかない。

「まあとにかく、あたしも気をつけているから、お嬢さんもよろしくね」

「はい。あの……」

豆腐売りの女房の名を、まだ知らないことに気がついて、卯野は気まずく言葉を濁した。

「せきだよ」

豆腐売りの女房——おせきは、笑いながら教えてくれた。

「おせきさん」

名前を呼ぶことが出来るだけで、少し親しくなれたような気にもなる。

「お嬢さんは、お卯野さん」

「はい」

「髪結いさんなんだよね。お蔦さんのお弟子さんなんだってね」

「いえ、私が勝手に慕っているだけなんです」

「でも、お蔦さんは褒めてたよ。てことは、相当の腕に違いない。あたしなんかは髪結いなんて頼む余裕はないけど、いつか結ってみてもらいたいもんだ」

「はい。いつか、ぜひ」

もう一度、小春の様子に気をつけていようと約束し、おせきと別れた。

三

その後、岩三が暴れることはなく、小春の住まいは静かなままで数日が過ぎた。掛け持ちの仕事で忙しいのか、朝の井戸端でも小春の姿を見ることはない。夜に訪ねればいいのだろうが、岩三もいるから何かあってはいけないと、おせきの亭主が日に何度か様子を見てくれることになっていた。顔の腫れは、少しずつ引いているという。

そんなある日のこと。

芳太郎が、ふいに卯野の住まいを訪れた。

「髪結いのお卯野さんは、いるかい」

「はい」

すぐに応じたものの、髪結いのお卯野さんなどと呼ばれたのは初めてだったため、すっかりうろたえ、みっともないほど甲高い声になってしまった。

「あんたがお卯野さんなんだね」

「はい、私です」

「小春の顔を手ぬぐいで冷やしてくれていた娘さんだ。ありがとう。治りが早いのは、お卯野さんのおかげに違いない」

あの日のことを覚えてくれていたのだ。てれながら、卯野は「いえ、そんな」と胸の前で手を振ってみせた。

「今日は、どういった御用件で」

問うと、

「小春の髪を結ってやってほしいんだ」

というのである。

卯野の心臓が一度、大きく跳ね上がったあと、せわしなく打ち始めた。

「私に、ということですか」

「うん。妹から、あんたの評判を聞いたんだよ。恋を叶える髪結いなんだってね」

すぐに頷いたほうがいいのはわかっていたが、やはり咄嗟《とっさ》に、怯《ひる》んでしまった。その評判のもとで仕事をもらえたことなど、まだ一度もないのに——と正直に思ってしまうのだ。

しかし、そんなことではだめだ。もっと強気に、にっこり笑って、はったりをきかせられるようにならなければ、女髪結いとしての自立は出来ない。

「どうかな」

芳太郎が、卯野の目をのぞき込んだ。今度は、大慌てで首を振った。

「まさか、だめだなんて、まさか。もちろん、引き受けさせていただきます、もちろんです」


翌日、芳太郎は小春を伴い、改めて卯野の住まいにやって来た。

小春の住まいでは、

「また岩三が酔って寝転がって、鼾をかいている」

というので、こちらから出向くわけにはいかなかったのだ。

芳太郎の背後から、おずおずと顔を見せた小春は、

「本当に、いいのかしら」

髪結いを頼むなんて自分には贅沢《ぜいたく》だ、と繰り返しながら土間に立った。

聞いていた通り、顔の腫れは引いている。皮膚の変色がまだ残り、黄色と青のまだらに変わっているのが痛々しいが、随分と見好《みよ》くなった。

大きな目が印象的な娘だ。痩せすぎなのは、日々の疲れのせいだろう。もう少しふっくらすれば、かなりの美人になるのではないだろうか。

「どうぞ、上がってください」

卯野は、小春を鏡台の前へとうながした。

「きれいにしてやってくれよ」

芳太郎は、小春の隣、鏡がよくのぞける場所に腰を下ろした。

はいと答えながら、卯野はまず襷掛《たすきが》けをする。〝お江戸の娘たちの恋を叶えるむすめ髪結い〟としての初めての仕事である。期待と不安と緊張で、手に震えが来るほどなのだ。一度大きく息を吸って気持ちを落ち着け、小春の背後に膝をついた。

小春の髪を、ほどいて下ろす。細くやわらかな髪で、触れていると気持ちがいい。今からこの髪を結わせてもらえるのだと思うと、不思議と緊張はほどけ、楽しくなってきた。

横櫛を取り、ゆっくりと梳《す》き始めた。櫛には椿油《つばきあぶら》をなじませてある。どのように結うか、卯野にまかせてくれるというので、ゆうべはお蔦に借りた雛形帳を見ながらあれこれと思案した。そして今、実際に小春の髪にさわりながら考えをまとめた。

島田に結うと、それだけは決めてあった。元々は若衆髷《わかしゆまげ》——成人前の男の髪型であったものを、遊女たちが取り入れ、女性らしく変えていったのが島田髷である。それを基に、今では様々な髪型が生まれた。お蔦の雛形帳にも、お蔦が工夫を加えたものがたくさん描かれている。卯野も、小春に似合うよう、自分らしい工夫をしてみるつもりだった。

髷の根を高めに取り、まとめたものを折り曲げて、元結《もとゆい》でしっかりと締める。髷の下に淡紅色の鹿の子《かこ》を入れて、それがちらりと見えるようにした。横髪の鬢も、後ろ髪の髱も丸めに、やさしげに結ってゆく。

「お卯野さんは今、江戸の娘たちの間でたいそうな人気の髪結いさんなんですってね。若旦那さまからうかがいました」

小春は、芳太郎を見た。伏せ気味の目をちらりとやっただけの、奥ゆかしい仕草である。髪を結っているところなど見られているのは、恥ずかしいのだろう。

「いえいえ、そんな、とんでもない。私はまだ駆け出しです」

卯野は正直にそう言った。

「でも、叶屋のお嬢さんが気に入ってくださって。お友だちに話をしてくださったんじゃないかしら」

と、嘘とは言いきれない説明も加えておく。すると小春は、

「叶屋のお嬢さん……、花絵さまですか」

眉根を寄せた。

「はい。ご存知ですか」

「いいえ、お名前を存じているだけです」

小春は首を振り、かすかに笑った。

やがて髪を結い終わり、卯野は、

「いかがでしょう」

手鏡を渡しながら訊ねる。

小春は、合わせ鏡にして髷の様子を熱心にながめたあと卯野を振り向き、きれいだわと喜んだ。

芳太郎も腕を伸ばし、小春の肩をつかむと、こちらを向かせたりあちらを向かせたりして出来を確かめた。

「うん、きれいになった。小春には桜の淡紅が似合うな」

小春が、嬉しげに頰を染める。

お代は、芳太郎が用意してくれていた。

「十五文と聞いているが、それでいいのかな」

花絵の流した噂の中には、お代についても盛り込まれていたらしい。本物の人気髪結いであるお蔦に結ってもらうのより、少し安い。お蔦の髪結いの値は十八文が相場だ。

「はい。ありがとうございます」

卯野は笑顔で頷いた。

自分の仕事にその値がふさわしいのか、自信はなかった。が、あまり安くては、恋を叶える髪結いという評判も安っぽくなってしまうだろう。何より、商いというものをよく知る花絵がそのように値をつけたのだから間違ってはいないはずだ。

「お卯野さん、ありがとうございました。若旦那さまも――ありがとう」

ふたりは目を合わせて微笑み合う。芳太郎はやさしく小春の肩を抱き、小春は甘えるように芳太郎に身をまかせ、帰っていった。

ふたりの仲のよさが少々、うらやましい。ふと、在りし日の兄・周太郎と、千世の姿を思い出した。堅物で素っ気ない周太郎と、一途《いちず》な千世。あのふたりも仲睦《なかむつ》まじい夫婦だった。

卯野もいつか、そんな相手にめぐりあえるだろうか。あのまま八丁堀の娘として暮らしていたならば、そろそろ嫁入りが決まっていたかもしれない。実際、縁談がひとつも持ち込まれなかったわけではない。しかし卯野自身も家族も皆、まだ早いような気がしてしまい、真剣に話を受けたことは一度もなかった。

「すてきなふたりですね」

振り向くと、髪結いの間、静かに縫いものをしていた八重が目を上げた。

「そうね。小春さん、ここへ来たときと帰るときとではお顔が随分と違っていましたよ。卯野の髪結いのおかげできれいになれて、気持ちも晴れ晴れ幸せになったように見えました」

「本当ですか」

「あなたの髪結いで恋が叶うかどうかはわからないけれど、ひとを幸せにしてあげられるのですもの、いい仕事をしたと思いますよ」

褒められて、卯野はすっかり嬉しくなった。

「でも……」

沈んだ声で呟く卯野の、言いたいことを八重は、すぐに察してくれた。

「そうね、身分の違うふたりがこれからどうなるのかはわからないし、なにより、帰れば小春さんを、岩三さんが待っている」

束《つか》の間《ま》、幸せなときを過ごしても、いつまた暴れ出すかわからない父親の待つ住まいへ、小春は帰らねばならぬのだ。

翌朝は早めに起きて、久しぶりに八丁堀へ出かけた。仕事をもらえたことを花絵に報告するためだ。

武井家で、まずは奥を取り仕切る女中・お留《とめ》の大歓迎を受け、奥の居間に通された。

するとすぐ、花絵が走ってやって来た。片手に、はたきを持ったままだ。

「花絵さん、お掃除はどうしました」

お留の小言が飛ぶ。が、花絵は、そんなものなどどこ吹く風だ。

「いいじゃありませんか、お卯野さんがいらしたのだもの」

はたきを放り出し、卯野の隣に座り込む。お留は呆れ顔で出て行った。

「今日は、いいご報告があって来たんです」

「ということは、仕事をもらえたのね」

「ええ、そうなの」

「どなたの髪を結ったの。私の知っている子かしら」

「ご存知ないと思いますよ。同じ長屋に住む子ですから。堀留町の薬屋の、上総屋の若旦那さんの紹介なんです」

するとと花絵は「え」と目を見張った。

「上総屋の若旦那って、芳太郎さんでしょう。お卯野さん、どこで知り合ったの」

問われ、事情を説明しようとしたところへ、お留が戻ってきた。茶と菓子器をのせた盆を高く掲げてみせ、

「お卯野さん、いいところへ来ましたね」

卯野の前へとそれを置く。

「ああ、千鶴お嬢さんのかすていら」

花絵が、笑い含みの呟きをもらした。お留は、漆塗りの菓子器の蓋をうやうやしく開

けた。

「かすていら、ですか」

卯野は興味津々、のぞき込む。

千鶴は旨《うま》いものが大好きで、寿司《すし》、蕎麦《そば》、天ぷら、まんじゅうに煎餅、飴《あめ》などの駄菓子まで、どこにどんな旨いものを売っているのかを驚くほどよく知っている。その千鶴が求めてきたのなら旨いと評判のかすていらに違いない。

が、菓子器の中にあるのは何やら不格好な代物だった。表面が焦げていて硬そうで、少し厚めの煎餅のようだ。

「なんですか、これは」

花絵が卯野に答えて苦笑する。

「手作りのかすていらなのよ」

「千鶴お嬢さんの手作りですか」

「まさか」

作ったのは女中だが、千鶴にどうしてもと頼まれたのだという。

千鶴は、どこからか菓子作りの秘伝の書かれた書を手に入れて、そこにあった、かすていらの作り方に興味を示した。卵と砂糖と粉を混ぜて作った生地を、丸い鍋に流し込んで蓋をし、両面をまんべんなく焼く。女中はがんばったというのだが、やはりうまくはいかず、こんなものになってしまった。

「食べても大丈夫なんですか」

「若さまも若ぎみさまも、ゆうべ、召し上がりましたがご無事です」

お留は、自慢げに鼻を天井に向けた。

若さまは虎之介、若ぎみさまは武井家の末っ子の新太郎《しんたろう》。虎之介は、子に恵まれずにいた武井家に養子として入ったのだが、そののち生まれた実子の新太郎に後継の座を譲っている。

「さ、お卯野さんもどうぞ召し上がれ」

勧められたが、手を出す気にはなれない。どうしたものかと思っていると、力強い足音が廊下の向こうから聞こえてきた。

「卯野が来ていると聞いたが」

虎之介である。

「お、千鶴のかすていらか」

卯野の前に座り込むや、虎之介は菓子器に手を伸ばした。

「いいところに来たな、卯野。おまえも食え。旨いぞ」

苦もなく嚙《か》み砕き、まだ盆にあった茶碗《ちゃわん》を取り上げてごくごくと飲む。

虎之介がそう言うのならば、と卯野はおずおず手を出した。つまみあげると、やはり硬い。端を齧《かじ》りとってみた。――やはり硬い。

「で、何しに来たんだ」

卯野が顔をしかめているのなど気にせず、虎之介は訊ねた。

「花絵さんのおかげでお仕事をいただけたので、ご報告に参りました」

「へえ。花絵の友だちの髪か」

「いえ、違うんです」

そうそう、その客の話をしていたのだったと、卯野は思い出した。

「斜向かいに住む小春さんという子なんですけど」

卯野の説明を聞くと、

「上総屋の芳太郎か」

虎之介は頷きながら、ふたつめのかすていらを取り上げた。

「若旦那さんのことを、虎之介さまはご存知なのですか」

「親しくはねぇが、何度か顔を合わせたことがある。花絵もそうだろう」

「はい、何度かは」

「小春という娘の名も、耳にしたことがあるよ。芳太郎が、随分と入れ込んでいるという話だ」

「あらまあ、芳太郎さんにはそんなお相手がいたのね」

花絵が、妙に楽しげな声を上げた。しかし、すぐに顔を曇らせる。

「でも、元々が亀戸村のお百姓の娘で、そんな父親がいるんじゃ、お嫁さんにもらうわけにはいかないわね」

「あんなに仲睦まじいふたりなのに」

卯野も、寂しい気持ちで頷いた。ふたりの恋は、おそらく日陰のまま終わる。

そんな卯野を、虎之介はしばらく気遣いの滲む目で見ていたが、やがて、さりげなく話を変えた。

「卯野、あの迷子石なんだがな」

虎之介のやさしさに合わせて、卯野も応じた。

「江戸橋のたもとの、ですね。本当に調べていらっしゃったんですってね」

「もちろんだ。何かわかったら、おまえにも教えてやると言っただろう」

「はい」

あの迷子石は、南伝馬町《みなみでんまちょう》にある、筆や墨を商う白桜堂《はくおうどう》という店の主人が建てたものだった。その白桜堂までわざわざ出向き、話を聞いてきたのだという。

「へえ。親御さんがご自分で建てたんですか」

花絵も興味を示し、口をはさみながら、かすていらに手を伸ばした。

「なんでも、そこの娘が昔、たったふたつのときに江戸橋の辺りで迷子になったまま行方知れずになっているんだと」

娘が迷子になってすぐ、白桜堂の主人は迷子石を建て、どこかから何か知らせが入るのを待った。

謝礼めあての胡散臭《うさんくさ》いものから信憑性《しんぴょうせい》のありそうなものまで、いくつか情報はあったのだが、娘は今も見つからないままだ。

それでも迷子石での知らせを絶やさず、主人夫婦は今も娘の帰りを信じ待ちわびている。

「ところが、最近になって新しい手がかりが見つかった」

「それがあの櫛ですか。朱塗りの櫛、雪輪に桜文様」

「そう。子守が髪に挿していたのを娘が気に入り、持たせてやったらそのまま迷子になってしまった」

「迷子さんと一緒に櫛も行方知れずになったというわけですね」

「櫛は白桜堂の内儀のもので、子守が勝手に持ち出した。咎《とが》められると思って言い出せなかったそうだ」

子守もまだ十二歳の子どもで、櫛が手がかりになるとは思いつきもしなかった。

ところが先日、その、子守だった女が白桜堂にやって来た。時が経《た》つにつれて櫛のことが思い出され、気になって仕方なくなったからだという。

「それで新たに、櫛のことと娘の今の年齢を書き加えたというわけだ」

「何か知らせはあったんですか」

花絵が、かすていらを口に入れながら訊ねた。そのすぐあとに茶を含み、口の中でやわらかくしているようだ。

このかすていらは、硬いのと焦げがあるのが困りものだが、味だけを言えば甘くて旨い。

「知らせは、今のところ何もないそうだ」

「でも、まだわかりませんでしょう」

せっかく手がかりが見つかったのに、このままでは親御さんが可哀想《かわいそう》だと卯野が言うと、虎之介は顔をしかめた。

「さすがに時間が経ちすぎだろう。何年だ――、十四年か。もう見つからねぇよな。気の毒だが」

小春の髪を結った興奮がまだ続き、卯野はその晩もまた八重が寝入ったあと、ひとりでお蔦の雛形帳を広げた。

するとまた、外に人の気配がする。芳太郎と小春だろうか。

しかし今夜は、誰かが歩いている気配だった。まずは障子の開く音が、ひっそりと響き、その後に足音が聞こえ始めた。路地を、誰かがずっと歩き続けている。その足音はひとりのものだ。

どうしようかと躊躇《ちゅうちょ》はしたが、やはり気になり、卯野は障子を開けてみた。

小春であった。奥の井戸まで歩いて行ったかと思うと踵《きびす》を返し、木戸まで行くとまた踵を返し、路地を行ったり来たりする。

卯野は、障子の隙間からその様子をしばらく見ていた。声をかけてよいものかどうか、わからなかったからだ。しかし、やがて小春もこちらに気づき、はにかみながらの笑みを浮かべた。

「こんばんは」

卯野はそっと障子を開け、表に出た。

「ごめんなさい、起こしてしまいましたか」

「いいえ、私もまだ起きていました」

ふたりは、ひそめた声で挨拶を交わした。

卯野は、小春の髪に目を留めた。卯野が仕事をさせてもらったのは昨日なのに、もう結い直されているのだ。小春は、自分の髪に手をやった。

「せっかくお卯野さんに結っていただいたのに、ごめんなさい、お父つぁんが」

午《ひる》まえに起きだした岩三は、飯も食わずに呑み始め、また酔って、

『色気づくんじゃねぇ、またあの若旦那か』

など喚《わめ》きながら小春に摑みかかるや、せっかく卯野が結った髪を滅茶苦茶《めちゃくちゃ》にしてしまった。小春が泣かずに耐えていると、それがまた気に食わないと毒づいて出て行った。殴ることをしなかったのは、先日の騒ぎで皆から責められたのに懲りたせいだろう。

「陽《ひ》が沈むころに帰ってきたのだけど、どこかで喧嘩《けんか》でもしたのか、お父つぁん、ひどく殴られていて」

顔、腹、背中、腰、足とあらゆるところを殴られたようだ。相手はひとりではあるまい。顔が腫れ上がっているのはもちろん、まともに歩けるような状態ではなかったという。

誰かに助けを求め、医者を呼んでもらおうとした小春を、岩三が叱りつけた。

『寝てれば治る。誰にも言うな。また殴るぞ』

小春は途方に暮れ、布団を敷いてもぐりこんだ岩三を、しばらく見ていた。さすがに全身が痛くて眠れずにいるようだが、黙って目を閉じたまま小春に構いはしない。そのうちに居たたまれなくなり、小春は外に出てきたのだった。

「お父つぁん、あんな人じゃなかったのに」

しょんぼりと落ちた小春の肩をそっと押し、卯野は、井戸のほうへといざなった。路地での立ち話では寝ている誰かを起こしてしまうかもしれない。

「せっかくお卯野さんに結っていただいたのに」

小春は、悔しげにまた言った。

「子どものころ、おっ母《か》さんに結ってもらって以来なんです。自分で結えて当たり前というけれど、誰かに髪を梳いてもらったり整えてもらったり、やさしく触れてもらうと幸せな気持ちになりますよね」

夜中に、月を見上げながらのおしゃべりである。

昼間はここの女たちでにぎやかな井戸端だが、夜にふたりきりというのはどことなく秘密めいていて、まだ特に親しくなれてはいない小春とも、互いの心に容易に触れられるほど距離がなくなったように思えてくる。

「お母さまが亡くなって、江戸に出てこられたのですってね」

卯野が訊ねると、小春は暗い目をして笑った。

「おっ母さん、死んでなんかいませんよ」

「え」

「ここでは、そういうことにしてるだけ。本当は、ある日、急に出て行ったんです。夕方、畑の様子を見てくると言ったまま戻らなかった」

「何か事件に巻き込まれたとか」

「内藤新宿《ないとうしんじゆく》の旅籠《はたご》に男といるのを見たという人がいるんです。江戸を出て行ったのに違いない。今ごろはどこでどうしているんだか」

　返す言葉に困ってしまった。

　戸惑う卯野を申し訳なさそうにしばらく見ていたが、小春は続ける。胸の内にある鬱憤を、吐き出してしまいたいという様子だった。小春も、この夜の中で不思議な気持ちになり、実際にそうである以上に卯野を近い者と感じているのかもしれない。

「おっ母さん、あたしのことを好きじゃなかった」

「でも、髪を結ってもらったと言っていたでしょう」

「子どものころに一度だけ。だから、よく覚えているの」

「母親が娘を嫌うなんて」

　父親に、殴られるほど疎まれ、その上、母親にまで嫌われていたという親子の関係の悲惨さに、卯野はますます言葉をなくした。

「理由はあるんです、理由は……でも」

　何かを言いかけて言いよどみ、このまま口を閉ざしてしまうのではないかと思われるほど黙っていたが、小春は続けた。

「お父つぁんとおっ母さんには子どもがいたんです……、もうひとり。男の子だった。でも、たったのふたつで亡くなった。畑でひとりで遊ばせて、おっ母さんは大根を抜いていた。午ちかくになって呼び寄せようと思ったら、いなかった。夫婦で捜しまわってもいないから、近所に助けを求めて捜してもらって、それでもいなくて」

結局、近くの小川でうつ伏せに浮いているのが見つかったのだという。すでに息はなかった。

小春は、淡々と語った。

「そのあとで、私が……」

「お兄さんが亡くなったあとで生まれた子なら、一層、可愛《かわい》がるはずじゃありませんか」

卯野が憤慨しても、小春は薄く笑うだけだ。

「あたしは男の子ではなかったから、代わりにならなかったんです」

「そんな滅茶苦茶な話って、ありますか」

「ともかく、おっ母さんにとってはそうだったんです。はじめは可愛がろうとしてくれたのを覚えてる。でもすぐ、あたしを叩《たた》くようになって。お酒もよく呑んでた」

「今の岩三さんみたい」

「そう。前は、おっ母さんがそうだったんです。でも時々、お酒が切れてる昼間にはやさしくなって。そんなときに髪を結ってくれた。あたしの髪に触れるおっ母さんの手、とてもあたたかかったなあ」

口許《くちもと》をゆるめた、小春のその微笑みもあたたかい。

「あのころは、お父つぁんが一生懸命、働いて、あたしを養ってくれた。でもおっ母さんが出て行ってからはお父つぁんも生きる力をなくしてしまったようで」

すべてを投げ出し、娘を連れて、亀戸村を出てきたのだった。

こちらに出てきたばかりのころは、昔の伝手を頼りに、岩三も荷を担いで青物を売り歩きもしたのだが、やる気のなさもあってか客がつかず、いつの間にかやめてしまった。やがて呑んだくれるだけになり、小春を虐《いじ》めて憂さ晴らしをするまでに落ちぶれていったのだ。

「でも、昔はおっ母さんからあたしを助けてくれた。今だって、お酒が切れるときがあると謝ってくれたりもする」

「だから、お父つぁんを見捨てないのね」

「あたしを育ててくれた人だもの、見捨てられやしません」

「でもせめて、若旦那さんをもっと頼ってみるとか」

「だめ。いつか、若旦那さまが奥さまを迎えられる日が来る。そのとき、おそばにいて見ているなんてこと、あたしには出来ない」

だから今のまま、心は寄り添わせても暮らしは離れているのがいい。どんなに苦しくとも、自立を続けているべきだ。すべてを芳太郎にまかせ、世話になるようなことには絶対、ならない。

小春は頑固に言い張った。

「若旦那さんが小春さんを捨てる日なんて、それこそ絶対、来ないように思われるもの。もう少し甘えてみてもいいのではないかしら」

とは言ってみるものの、卯野も同じ立場になったら同じように考えるかもしれない。

はじめは小春が一番でも、いつか妻を迎え、共に暮らし共に子どもを育てる日々を送っていけば情も深まる。いつか家族が一番になり、小春は寂しい思いをするだろう。

「若旦那さまは確かに、あたしのことは一生、放さないと言ってくれる。でもね、あたし知ってる。若旦那さまには今、縁談があるんですよ。どこかの大店のお嬢さんですって。美人だけどわがままなひとだって聞いた。あたしみたいな女は捨ててしまわなきゃお嫁にいきません、くらいのことは言ってくるかもしれない」

おどけて言うのが、痛々しい。

「これでいいんだ、あたしは。あたしみたいな者が若旦那さまと出会えて、おそばに置いてもらえて、それだけでいいの。これだけで幸せ」

「うらやましい」

つい呟きが落ちたが、そう言っていいのかどうか、卯野は複雑な気持ちだった。それでも、自分もそんな相手と出会えたらいいと、心から思う。

「でもあたし、お卯野さんに髪を結ってもらったんだものねえ」

「え、それがなあに」

「いやだよ、お卯野さん」

小春が、笑いながら卯野の背を叩いた。

「お卯野さんは〝お江戸の娘たちの恋を叶えるむすめ髪結い〟でしょう」

「ああ……」

卯野は半端な唸りを漏らした。

そうだった。卯野は今、その肩書きで売り出し中だ。

「お卯野さんに髪を結ってもらったんだもの、あたしと若旦那さまの恋が叶うようなことも、もしかしたら起きてしまうかもしれないわ」

なんと返事をしたものやら、卯野にはわからなかった。

ただの片想《かたおも》いであるならば、きれいに髪を結い上げ自信をもたせてあげることで、叶う恋もあるだろう。けれど、小春の想いはどうだろう。

小春と芳太郎の恋が叶うというのは、ふたりが晴れて夫婦として認められることに他ならない。しかしそれは、卯野が小春をどんなにきれいにしてあげたところで、どうにもならないことなのではないか。

「そろそろ戻りましょうか」

小春が、月を見上げて言った。卯野は、ぎこちなく頷いた。

次の日には白屋からお呼びがかかり、卯野はいそいそと住まいを出た。

しかし、同じく住まいから出てきたばかりだった岩三と鉢合わせをしてしまい、足を止める。

岩三は、小春が言っていたとおりの様子だった。顔は無残に腫れ上がり、右手が動かないのかだらりと下がって、左手で不器用に障子を閉めている。岩三は、卯野に気づいて目を留めた。

「あんた、ゆうべ、小春と一緒にいたな」

声は出せず、ただ頷く。岩三は気づいていたのかと驚いた。何か文句をつけられるのではと体を縮めたが、やがて、岩三は興味なさげに歩きだす。不自然に腰をかがめ、足取りは覚束《おぼつか》ない。

しかし、またふと立ち止まった。どんよりした目をふたたび向けると、ぼそりと呟いた。

「あんた、あのお侍と迷子石の話をしていた」

あのお侍、というのは虎之介のことだろう。そういえば、江戸橋の迷子石を見てきた帰り、岩三とすれ違った。

卯野は、黙って頷いた。

岩三の口が動きかける。何を言うのだろうと卯野は身構えたのだが、そのまま口を閉じる。

木戸を出てゆく岩三を、卯野は見送った。よろよろと遠ざかってゆく姿が、なぜだかいつまでも心に残った。

もやもやとした何かを消せないまま仕事を終えての帰り道、長屋の木戸をくぐろうとしたところで芳太郎が声をかけてきた。

「待っていたんだ」

芳太郎は、もどかしげに卯野を見つめた。

「私をですか」

「また小春の髪を結ってやってもらいたいんだ」

「それはもちろん……」

喜んで引き受ける。しかし芳太郎の様子が妙で、卯野は戸惑い、笑って返事をすることが出来なかった。

案の定、芳太郎は声をひそめ、こんなことを言い出した。

「そのとき、わたしは小春を連れて逃げる」

息を呑むように、卯野は「え」と呟いた。

「小春にも誰にも、このことは言わずにいてほしい。お卯野さんの住まいも都合がつかないからわたしのところで結ってもらおう、と小春には嘘をつく。そしてこの長屋から連れ出す」

そうしたら二度と戻らない――芳太郎は断固として言い切った。

卯野は、困ったようにただ芳太郎を見つめ返した。つまり、駆け落ちの片棒を担いでほしいという申し出なのだ。

ふたりをここから逃がしてやりたい。それが卯野の、素直な気持ちである。けれど、それが本当にいいことなのかどうか自信がない。

「いいね。頼んだよ。明日、また来るから」

卯野が迷っているうちに、芳太郎は行ってしまった。卯野から「嫌です」の言葉が出るのを恐れたのだろう。

困りきった卯野は、住まいに道具を置くと、八丁堀へ向かった。こういうときに頼る相手は虎之介しかいない。しかし虎之介は留守だった。花絵もおらず、少し待ってみてはと引き止めるお留に首を振り、卯野は武井家を辞した。

ところが、卯野の悩みは杞憂《きゆう》に終わった。

岩三が、その日は長屋に戻らず、翌日、楓川《もみじがわ》にかかる弾正橋《だんじょうばし》の橋脚に引っかかって死んでいるのが見つかったのだ。酔ってみずから川に落ちたのか、喧嘩の末に誰かに突き落とされたのか。前の日に殴られて帰ってきたということから、おそらくまた酔って喧嘩をし、運悪く命を落とすことにまでなってしまったのだろうと判断された。特に取り調べられることはなかった。

芳太郎が、すぐに現れ、すべてを取り仕切り始めた。葬式を出して住まいを片づけ、小春を連れて行ってしまった。

なんとも皮肉なことに、こんなにも呆気《あっけ》なく、駆け落ちの必要がなくなってしまったのだ。

芳太郎の世話にはならないと言っていた小春だが、ひとりぼっちになり、口もきけないほど憔悴《しょうすい》しきってもおり、さすがに芳太郎の手を拒む気にはなれなかったのだろう。

四

小春が長屋から去ったのち、三日もすると、芳太郎が卯野の住まいを訪ねてきた。小春の様子を訊ねると、

「うん。おかげさまで元気にしているよ」

框《かまち》に腰かけ、幸せそうに顔をほころばせる。

「ところで、小春はお卯野さんの髪結いをたいそう気に入っているんだよ。その話ばかりをしていてね。だから――」

と言いかけた途中で、芳太郎は目を見開いた。

「花絵さんじゃないか」

花絵が遊びに来ていたのだ。

「なんでここにいるんだい」

「お卯野さんとは友だちなんです」

「あんた、武井さまのお屋敷に、行儀見習いがてら奉公していると聞いたんだが」

「遊びに来たのよ」

それがなんなの、とでも言いたげな謙虚さのかけらもない花絵の返事に、卯野は苦笑した。

今日は千鶴の使いでもなんでもなく、ただふらりと現れたのだ。そして、

『お卯野さんがいないとつまらないんだもの』

などと言い放つ。遊びに来てくれるのは嬉しいが、奉公人の身で勝手をしていいわけがない。卯野は呆れ果て、お留さんにまた叱られますよなどと小言を言いかけたところ、

『はい、お土産』

花絵が、卯野の膝に風呂敷包みを置いた。

開いてみると、中にはたくさんの端切れがあった。叶屋から持ってきたものだという。

『何か、髪の飾りになるんじゃないかしら。売り物には使えない布だから、気にしない

で好きに使ってみてちょうだい』

すべて小紋の端切れだ。霰《あられ》、亀甲《きっこう》、撫子《なでしこ》に鏡。色もさまざまで、適当に取り合わせて並べるだけでも楽しい。

畳に広げ、あれこれ使い道を話し合っていたところへ、芳太郎はやって来たのだった。

「聞きましたよ。きれいな娘さんをどこかに隠していらっしゃるのですってね」

花絵は愛想よく笑いながら、かたわらにあった茶碗を手に取り口に運んだ。

「うん、まあ……なんだな」

芳太郎は、ばつが悪そうに言葉を濁した。妻ではない女の面倒をみているというのは、やはり、なるべく隠しておきたいことなのだろうか。

すると、花絵が吹き出した。

「いいじゃありませんか。お卯野さんから話は聞いてますすよ。それほど大事にしてやりたいと思う人とめぐり逢《あ》えたなんて幸せね。それで小春さんがお卯野さんの髪結いを気に入っていて、もう一度、結ってもらいたいということなのかしら」

「一度どころか、これからずっと頼みたいと言っているよ」

「本当ですか」

卯野は身を乗り出し、芳太郎に訊ねた。

「本当も本当だ」

「よかったじゃないの、お卯野さん」

花絵も、はしゃいだ声を上げた。

小春のもとを訪ねる日を決めると、芳太郎は立ち上がった。

「じゃあ頼んだよ、お卯野さん」

見送るため土間に降りた卯野に念を押し、花絵にはちいさく頷いてみせ、暇《いとま》の挨拶をする。

芳太郎がいなくなると、花絵が言った。

「さすが〝恋を叶える髪結い〟ね、お卯野さん。小春さんは芳太郎さんと一緒になれた」

「いやだわ、たまたまそうなっただけですよ」

しかも、岩三の死という悲しい出来事が小春に幸運を授けたのであり、あんな父親であってもけなげに尽くしていた小春にとっては複雑な思いを抱《いだ》く結果でもあるだろう。そして何より、一緒になれたとはいっても囲われ者としてでしかないのでは、本当に恋が叶ったとは言えない。

卯野の言いたいことを、花絵は察したようだ。沈んでしまった場の雰囲気を盛り上げるように、花絵は明るく声を張り上げた。

「わからないわよ、芳太郎さんのことだもの。ご両親を説得して、小春さんを奥さまにしてしまうかもしれない」

「そんなこと出来るかしら」

「そうしてあげてほしいわ。大事に思う人を日陰に置いておくような男なんて大嫌い」

花絵は強い調子で言い、きつく眉を寄せたが、

「それにしても」

またすぐ、にぎやかな調子に戻る。

「わざわざ自分で来なくても、誰かを使いに寄越《よこ》せばいいのにねえ、変な人」

「小春さんのことは、何もかも自分でしたいんじゃないかしら」

小春が芳太郎にとって大事な存在であるのはもちろん、芳太郎の性格のせいでもあるのだろう。やさしい、世話好き、面倒見がいい。

「おせっかいとも言えるわね。あたしだったら、鬱陶しくて逃げ出しちゃう」

花絵は声を上げて笑い、そろそろ戻らなくちゃと立ち上がった。


約束の日の朝、また芳太郎がやって来た。みずから、小春の住まいまで案内してくれるというのだ。

江戸橋を渡り、東堀留川沿いの道をゆく。日本橋川に注ぐ手前で埋め立てられ、水路となった川だ。船着場には荷を積んだ多くの船が集まり、辺りには紙や煙草《タバコ》、鉄、茶な

ど様々な品を商う問屋が立ち並ぶ。上総屋も、そのにぎわいの中にあった。

胸に風呂敷包みをしっかりと抱え、卯野は芳太郎についていった。

風呂敷の中身は、使い慣れた櫛などほんの少しの道具だけ。後はお客の持ちものを借りる。いつか、お蔦のように立派な道具箱を持ってみたい。それも、卯野の描く夢のひとつだった。

芳太郎は、卯野に合わせてわざとゆっくり歩いているようだ。ひとりならば大きな歩幅で、さっさと歩いてゆくのだろうに。卯野のような、恋の相手でもない娘にもやさしい。

卯野は、つい笑みを漏らした。

「花絵さんが言ってましたよ」

このやさしさを、自分が受ける身であったなら――と。

芳太郎も笑った。

「そうだろうな、花絵さんだったら身を震わせて逃げるだろう。わたしたちは合わない。でも、わたしにも小春にも互いが必要なんだ。特に小春には、わたしがついていてやらなければ。小春を守ってやれる男は、この世にわたししかいないんだから」

小春の今の住まいは、上総屋と同じ堀留町の、表通りにある一軒家だった。

軒下に、朝顔の鉢が三つ並んでいた。季節はもう外れているが、世話がいいのか、まだ赤紫の大輪が咲いている。水をやったばかりらしく、露が時折、花びらの先から落ちるのがさわやかだった。

芳太郎が格子戸を開け、

「おおい」

呼びかけるとすぐ、三畳ほどの玄関に、縞の前垂れをした娘が走り出てきた。

「お帰りなさいませ、若旦那さま」

「うん」

いかにも我が家といったふうにすたすたと、芳太郎は框を上がった。

出てきた娘は、小春の世話をする女中だろう。愛想よく卯野を見、

「髪結いの、お卯野さんでいらっしゃいますか」

「はい」

「奥さまが、首を長くしてお待ちなんですよ」

奥さま、と小春を呼ぶのに内心、驚きながらも卯野は「こちらへどうぞ」と示された奥へと、娘が導くままについて行った。

奥の部屋では、小春が待っていた。のぞき込んでいた鏡から顔を上げ、歓声を上げる。

「お卯野さん、来てくださってありがとう」

長屋から去ってまだほんの数日だが、小春は少しふっくらとしたようだ。思っていた

とおり、以前より美人になった。もちろん、芳太郎がそばにいて大事にされているという自信が小春を美しく変えもしたのだろう。

芳太郎は真っすぐ小春に近寄り、鏡の位置を直してやったり引き出しの中の道具に不足はないかと訊ねたり、あれやこれや世話を焼く。

小春は、芳太郎のするままにまかせていたかと思うと不意に、ちらりと目を上げた。芳太郎の視線をたぐり寄せ、ひっそりと微笑む。以前には見られなかった、艶を秘めた仕草だ。馴れた夫婦の仲のよさをのぞき見てしまったような気恥ずかしさを覚え、卯野は頰を火照《ほて》らせた。

小春の髪は、ほどいて下ろされていた。飾りのいろいろも、希望のものが揃《そろ》えてある。

「やわらかくて、本当に気持ちのいい髪」

まずは手で大きく梳いてから、櫛を使った。

「髷は、前とおなじでよろしいのでしょうか」

「丸髷がいい」

答えたのは芳太郎だった。

「でも……」

丸髷は、結婚している女性が結う髪型なのだ。

「いいんだ、それで。小春はわたしの〝奥さま〟だから」

「では、祝言が決まったんですか」

花絵の言ったとおりになったのだろうか。

卯野は喜びの声を上げたが、すぐ、小春に否定されてしまった。

「違いますよ」

「でも必ずそうなる」

「若旦那さまったら」

「わたしがそうすると言ったら、必ずそうなるんだよ」

小春は呆れ顔で、ただ笑った。

「わたしを信じろと言っているのに……」

不満そうな芳太郎に、小春は微笑んだまま首を振るだけだ。そして卯野に、かたわらに置いた箱を示してみせる。用意されていた飾りがその中にあった。

「これを使ってくださいな」

小春が取り上げたのは、鼈甲《べっこう》の櫛だ。蒔絵で、ちいさな桜の花が二輪、描かれている。

「若旦那さまがくださったの。あたしの、一番の宝もの」

「なんだ、そんなつまらないものが一番なのか」

「つまらないものなんかじゃありませんよ」

「もっといい櫛も買ってやるよ。大きな牡丹《ぼたん》の描いてあるやつとか、珊瑚《さんご》のついてるやつとか」

「あたしはこれがいいんです」

痴話喧嘩のようなふたりの話を、卯野は聞いていなかった。目は、箱の中に釘《くぎ》づけになっていた。

「朱塗りの櫛。雪輪に桜文様」

知らず、呟く。

あの迷子石に貼られた紙に書かれていたのとおなじ特徴の櫛が、そこにあるのだ。

「その櫛、きれいでしょう」

鏡の中の小春が微笑む。

「お卯野さんも、お好きなんじゃないかしら」

櫛に目は釘づけのまま、頷いた。

確かに好きだ。卯野の大好きな、きれいなもの。朱塗りの櫛、雪輪に桜文様——そう書かれた文字を見ただけで想像していた、その通りにきれいな櫛だった。

けれども今、目が離せないのはきれいだからではない。

「この櫛も、若旦那さんの贈りものですか」

「いいえ、違います。それは亀戸から持ってきたものなんです」

小春は鼈甲の櫛を置き、朱塗りのほうを手に取った。

「こんな話をしてしまっていいものかわからないのだけど、実はね、これはあたしがお父つぁんに拾われたときに持っていたものなの」

「拾われたとき……」

「ああ、お卯野さんにはまだ話していなかったっけ。あたしね、拾われっ子なんです。まだ本当に幼いころ、たぶん、ふたつくらいだったんじゃないかというんだけど、お父つぁんが青物を問屋に納めに行った帰り、ひとりでいるのを見つけたんだって。この櫛を握りしめて、着ているものはどろどろで」

小春の話は続いていたが、卯野はもう上の空になっていた。

今、あの迷子石の話をしてしまってもいいだろうか。いや、ここは一旦、落ち着いて、まずは虎之介に相談だ。

卯野は、ふるえそうになる手を抑えながら、なんとか小春の髪を仕上げた。帰りも送るという芳太郎の申し出を断り、卯野は小春の住まいを出た。風呂敷包みを抱きしめて、ただとにかく走り出す。

裏門から武井家に駆け込み、あとは案内を請わず、庭伝いに虎之介の居間を目指した。

虎之介は廊下で書物を読んでいた。自室の障子を背に座り込み、立てた膝に書を乗せている。何を読んでいるのか、すっかり夢中な様子だったが、卯野が声をかけるとすぐに顔を上げた。

「どうした、卯野」

挨拶をするのももどかしく、卯野は、小春の家で見たもの、聞いたことについて一気に話した。

話を聞き終えるや否や、虎之介は立ち上がる。

「行くぞ」

卯野の手をつかむと、こちらが口を挟む間もなく屋敷を飛び出した。行き先はもちろん、南伝馬町の筆屋、白桜堂だ。

虎之介に手を引っぱられ、なかば走るようにしてたどり着いた白桜堂は、間口六間の二階建て、堂々とした構えの店であった。店先で、客が店の者と何やら熱心に話し込んでいる。虎之介が声をかけると、ふたり同時にこちらを見た。

「これはこれは、武井の若さま」

腰を浮かせたのは背の低い男で、おそらく主人だろう。立ち上がろうとしているのを、虎之介がとどめた。

「商いの邪魔をしに来たわけじゃねぇんだ、続けてくれ」

若い男の客が困った顔をこちらに向けたが、虎之介は知らん顔で土間に立った。卯野もそっと後ろに控え、話が終わるのを待つ。

主人に目で命じられた手代が、ふたりに座布団と茶を持ってきてくれた。やがて客を送り出すと、主人は愛想よく虎之介に頭を下げた。

「どうも、お待たせいたしまして。今日は筆のご用でしょうか」

「悪いが違うんだ。今日も例の、迷子の娘のことでね」

「ああ――」

主人は顔を曇らせた。

「相変わらずでございますよ。なんの知らせもございません」

「その知らせを、持ってきたんだよ。なあ、卯野」

にやりと笑い、虎之介は卯野を振り向く。

虎之介の言葉に驚いた主人は、虎之介と卯野を奥の部屋へと招き入れながら大声で内儀を呼んだ。

白桜堂の主人は、清兵衛《せいべえ》。内儀はお照といった。ふたりの並んだ姿を見るうちに、卯野は「あ」と呻いて虎之介を見上げた。虎之介は「まだ待て」というように卯野を制し、まずは小春と出会ったいきさつ、そして小春から聞いた身の上を説明させた。

お照は簡単には信じられないようで、胡散臭そうに卯野の話を聞いていたのだが、清兵衛のほうは大きく頷く。

「とにかく一度、その小春さんとやらに会いに行ってみましょう」

「でもお前さん、櫛のことを書き加えたのは、つい先日ですよ。こんなに早く見つかるというのもなんだか妙な話じゃありませんか」

心配するお照に清兵衛は「この若さまが間に入って下さるのだから大丈夫だよ。信頼のおける方だからね」と言い聞かせる。

その様子を、卯野は見ていた。

清兵衛は少々太り気味で背も低く、あまり見栄えのしない男だが、ふっくらとした顔立ちからは人の好さがうかがい知れて好もしい。お照は逆に痩せぎすで、神経質そうなのだがなかなかの美人だ。

あまりにじっと見つめているのに清兵衛が気づき、

「手前どもの顔に、何か……」

困ったように訊ねてきた。

「小春さんに、よく似ておられるんです」

清兵衛の人柄は、小春と似ている。そして、お照の顔は小春に似ている。

「似ている」

清兵衛の目が輝き、無意識のままお照の手を握りしめて自分の膝に置いた。

「ぜひ、小春さんと会ってみてください」

卯野は、夢中で夫婦に訴えた。

すぐにでも、と清兵衛が急ぐので、卯野と虎之介は夫婦と共に、今度は堀留町へと向かった。

卯野の呼びかけに応え、女中の娘が玄関に現れた。帰ったはずの卯野がまた現れたことに驚き、しかも見知らぬ人を何人も連れているのに気づくと怪訝《けげん》そうな顔になる。

「小春さんはいらっしゃるかしら」

「今、若旦那さまと一緒に奥でお午を召し上がっていらして」

「若旦那さんも、まだいらっしゃるのね」

内心、それはまずかったかもしれないと思った。捜し求めていた娘かもしれない少女を訪ねてきたら男がいたというのはさすがに、親としては面白くない話だろう。

しかし、いるものは仕方がない。

「若旦那とは」

卯野の背後から清兵衛が訊ねた。

「上総屋の若旦那さんです」

「ああ、仙女丸の上総屋さん。その若旦那なら芳太郎さんだね」

仙女丸とは、上総屋の看板商品である腹痛の薬の名だ。

清兵衛がお照を振り向き、何やらこそこそと囁き合っていると、小春が出てきた。

「どうかしたの」

「お卯野さんが戻っていらしたのですが、他にもお客さまが」

「誰ですか」

小春の目が、白桜堂の夫婦を捉える。

夫婦の目の色が変わった。

「お前さん、これはおゆきですよ」

「なんとまあ――、お藤にそっくりじゃないか。お照、おまえにも確かに似ている」

「お藤って……」

小春は戸惑い、首をかしげる。

「おまえの妹ですよ。おまえがいなくなってから生まれたの」

お照も今では、なんの疑念も抱いていないらしい。

「間違いない、おまえは、わたしたちのおゆきです」

小春は、助けを求めるように卯野を見た。そこへ、芳太郎が心配げに顔を出す。

「おい、面倒な客なのかい」

「小春の両親を連れてきたんだよ」

虎之介が説明しても、芳太郎がすぐに事情を飲み込めるわけがなく、戸惑いの目でただ虎之介を見返すだけだ。

奥の間に皆が集まり、小春は、亀戸村で育てられることになったいきさつを語った。

小春が、お父つぁんと呼ぶ岩三に拾われたのは、岩三が亀戸に帰るために乗った舟の中だった。

「舟ですって。おまえは子守と散歩に出かけただけなのよ」

「なぜそんなところにいたのかは、あたしにもわかりません。あたし、ひとりで心細かったんでしょうね、隣に座ったお父つぁんの手を、急に握ってきたんだそうです」

岩三は当然、舟の中に親がいるものと思った。ところが、誰に訊ねても知らない子だと言われ、途方に暮れた。小春本人に訊ねても、まだ幼すぎて片言しか話すことが出来ず、何もわからない。

舟に乗り合わせた者たちの意見では、これは捨て子に違いないという。しかも皆、面倒を嫌い、岩三に小春を押しつけてくるのだ。仕方なく、亀戸の自宅に連れ帰った。

「自分の名前も言えなかったから、お父つぁんが小春と名づけてくれました」

「おまえの名は、おゆきですよ」

お照が不愉快そうに鼻を鳴らした。そう言われても小春には感ずるものもないようで、なんと応じたものかと困りきり、首をかたむけ微笑むだけだ。

岩三夫婦は、子どもを亡くしたばかりだった。二歳で、ちょうど小春と歳のころが同じだが、岩三夫婦が亡くしたのは男の子。それが悲劇を呼んだのだ。

岩三の妻は、亡くした子が戻ってきたつもりになり、小春を可愛がろうとした。しかし、女の子ではやはり、男の子の代わりにはならない。ここが違う、あれが違うと、いちいち気になってしまい、岩三に愚痴をこぼすようになる。それでも小春が悪いわけではないのだから可愛がらなければならないと、自分を追い詰めてしまったのだろう。

結果、岩三の妻は壊れた。酒に逃げ、わがままに溺れた挙句、男に走った。

そして岩三も壊れたのだった。

小春の話が終わったとき、誰も口をきけなかった。

「ともかく、櫛を見せておくれ」

しばらくのちに清兵衛が、ようよう言った。小春は立ち上がり、例の櫛を取りに行く。

差し出された櫛を受け取り、お照が叫んだ。

「これですよ、間違いない。私の櫛だ」

この子はおゆきに間違いない、やっと見つかった、生きていてくれた——夫婦は抱き合って喜び、泣いた。

しかし、当の小春は置いてきぼりのまま。戸惑いの残る目をさまよわせ、芳太郎をさがす。

芳太郎は部屋の隅にいた。小春の視線を受け止め、立ち上がるとかたわらに寄り、肩を抱いた。なにやら耳に囁いてやると、小春の体から緊張が抜けてゆくのがわかった。

白桜堂の夫婦は、すぐにでも小春を連れて帰りたいと言う。しかし、さすがにそれは待ってほしいと小春は訴えた。

「まさか、家に戻らないなどと言い出すのではあるまいね」

不安げに訊ねる清兵衛に、小春は首を振る。

「いいえ。でも、あまりに急なこと過ぎて気持ちがついていかないんです。せめて一日なり二日なり、落ち着く時間が欲しいだけ」

「……わかった。では、また出直して来るよ」

清兵衛は、小春の手を取り涙ぐんだ。

「大変な苦労をさせて、すまなかったね」

お照の手も取り、親子三人の手を重ねた。

「これからは、お父つぁんとおっ母さんがおまえを守る。約束するよ。これから親子で、今までの分を取り戻すつもりで楽しく過ごそう」

小春も、ほろりと涙をこぼす。

やがて、夫婦は名残り惜しげに引き揚げていった。

卯野は、夢見心地のふわふわとした足取りで帰り道を辿《たど》った。

「まさか、本当に〝恋を叶える髪結い〟になってしまうなんて」

信じられないことが起きてしまった。

亀戸村の百姓の娘では上総屋の若旦那の嫁にはなれないだろうが、白桜堂の娘となれば誰も反対しないに違いない。実際、清兵衛とお照は、小春と芳太郎との仲を自然に認めている様子だった。

「花絵の、いいかげんな大法螺《おおぼら》でしかなかったのにな」

虎之介は、気持ちよさげに笑った。

「そんな言い方をしたら、花絵さんが拗《す》ねますよ」

「本当の話だろう。それより、小春の恋が叶ったと噂になって、おまえに髪結いを頼んでくる客が増えるといいな」

それはもちろん、おおいに期待するところだ。しかし、

「小春さんの想いが叶ったことが、そして私がそのお手伝いを出来たことが、今はとにかく嬉しいわ」

うっとりとため息をついたあと、卯野は思い出した。

「そういえば、若旦那さんには縁談があるという話だった。そちらのほうは大丈夫なのかしら。お断り出来るのかしら」

「大丈夫だろうよ、絶対に」

虎之介が、自信満々に請け負う。

「でも縁談のお相手って、大店のお嬢さんだという話でしたよ。商いのおつきあいとか、いろいろ事情があったりしたら――」

「大丈夫。なにしろ、その大店のお嬢さんというのは花絵だからな」

「え」

卯野は、両目を大きく見開いた。

「花絵は鼻で笑い飛ばしたし、芳太郎は乗り気でないし、もともと皆があきらめていた縁談なんだよ」

「……知りませんでした」

何も言ってくれないなんて水くさいわと憤慨したが、相手が花絵なら確かになんの問題も起きないだろうと安心もした。

「きっと、小春さんは近いうちに花嫁さんになるのでしょうね」

そのときの髪も結わせてもらえたら嬉しい。

「さすがにそれは無理でしょうけど。白桜堂さんなら、もっと腕のいい髪結いさんを頼むに違いないもの。ああでも、よかった。うらやましいわ、小春さん」

私もいつか、小春さんにとっての若旦那さんみたいなひとと出会えるかしら――夢見るように呟く卯野に、虎之介は微笑んだ。

「いつかと言わず、すぐにでも出会いたいもんだと願っておけ。おまえももう十六なんだから」

五

小春と芳太郎の祝言が決まったとの話はいつ聞こえてくるだろうと楽しみにしているうちに、卯野はまた仕事をひとつもらうことが出来た。

花絵の友だちの、油問屋の娘だ。

顔立ちは地味だが誠実でやさしい娘で、その雰囲気を生かしつつ華やかに、と気をつけながら結ってみた。鬢は横に張り出しすぎぬよう。髷は愛らしくふっくらと丸く。髷の下には娘が好きだという淡い黄色の縮緬《ちりめん》を掛けた。

「お卯野さんの髪結いで、白桜堂の迷子だった娘さんの恋が叶った話、聞いたわよ。私は別に好きなひとがいるわけじゃないから、恋が叶うというのを期待しているわけではないの。でも、お卯野さんに結ってもらったら、せめていいひとに出会うことくらいはあるんじゃないかと思ったのよ」

花絵という共通の友だちがいることもあり、おしゃべりも弾み、楽しい仕事になった。

こうして焦らずがんばっていけば、髪結いで暮らしをたててゆけるようになるかもしれない。そんな希望を抱きながら帰り道を辿る足取りは、軽い。

堀留町にある油問屋であった。卯野は何の気なしに遠まわりをし、小春が住んでいたあの家を見に行った。

そこに、芳太郎の姿があった。

軒下に三つ並ぶ朝顔の鉢を見ている。季節が終わったからか、世話する者がいなくなったからなのか、今はすっかり枯れてしまい、かさかさになった葉や茎が鉢の土に落ちている。

声をかけようと思ったのだが、なんとなくそれが憚《はばか》られる風情《ふぜい》で、芳太郎は立っていた。なぜだろう、背中がとても寂しげなのだ。

気配を感じたのか、芳太郎は振り向いた。ふっと笑うと、また朝顔に目を向ける。卯野は、そっと近寄った。

「ここは、今はどなたも住んでいらっしゃらないのですか」

「うん。……なんだか懐かしいな」

きちんと夫婦になったあとは、上総屋での新しい暮らしが始まる。ここでふたりきりだったのは、ほんの短い間だったが、それを懐かしんでいるのだろう。

「小春さんはお元気ですか」

「うん。……たぶん」

どこか投げやりなその答えが、気になった。

「家族との失われていた日々を取り戻さなくちゃならないからね。邪魔をしてはいかんだろう」

だから遠慮をしているのだ——と芳太郎は言うのだが、やはり投げやりな口調である。

そして、別れの言葉を口にもせず、ふいと去った。

なんだか奇妙な様子だった。首をかしげながらも仕方なく、卯野も歩き出した。


「お団子でも食べに行きましょ」

そう言って、花絵が卯野を誘いに来た。先日の、花絵の友だちの油問屋の娘への髪結いの話を聞きに来たのだ。

花絵は、また勝手に武井家を抜け出してきたらしい。お留の渋い顔を思い浮かべつつ、

「叱られても私は知りませんよ」

たしなめはしたものの、卯野は、花絵と出かけられるのが嬉しくて浮かれた気持ちで住まいを出た。

陽ざしはまだきついものの、夏の鬱陶しい暑さは大分、落ち着き、風が乾いてきている。その中を、ぶらぶらと歩いた。行き先は江戸橋広小路だ。

ふたりは水茶屋で団子と茶を頼んだ。評判の看板娘がいる店ではないのが、きれいな

女を見るのが好きな卯野としては残念なのだが、串団子に添えられた餡《あん》が、とろりとやわらかくて実に旨い。ここも千鶴のおすすめだった。

油問屋の娘の髪結いは、いい仕事になったと卯野は報告した。そして、その帰り道で芳太郎に会ったことも話してみた。すると花絵が、ぽつりと言ったのだった。

「それがね、どうも妙なことになっているようよ」

「妙なことって……」

不安に思いつつ、卯野は訊ねた。

「芳太郎さんと、小春さん――今は〝おゆきさん〟だわね、あのふたり、うまくいっていないみたい」

想像していた通りの答えだった。

「詳しいことはあたしも知らないけど、白桜堂さんと上総屋さんとで間に人をたてたのは確かなのに、その後、なんの話も聞こえてこないのですって」

「まさか、上総屋さんのほうではまだ花絵さんとのご縁を望んでいらっしゃっていて、ふたりを無理やり引き離したなんてことはないでしょうね」

「いやだ、なんでお卯野さんがそれを知っているのよ」

「虎之介さまから聞きました」

「まったく、男のくせにおしゃべりね。でもまあ、いいけど。あたしが上総屋さんに嫁入りするなんてありえないし、向こうもすっかりあきらめてるわ。あたし、きっぱりと断りましたからね」

団子の串を振りながら、自信満々に花絵は言う。いったい、どんな断り方をしたのやら。卯野はこっそりと笑った。が、芳太郎と小春のことを思い出すとその笑いも半端に消える。

「若旦那さんは、小春さん——いえおゆきさんがご家族と過ごすのを邪魔してはいけないと遠慮しているんだと言っていたの」

ただそれだけのことだと信じたい。もうすぐ、祝言の日が決まったという話が聞こえてくるに違いないと思いたい。

卯野の言葉に、花絵も深く頷いた。

しばらくして卯野は、白桜堂の娘に戻った小春、いやおゆきから、また髪を結ってほしいと頼まれた。使いがやって来たのだが、芳太郎ではなく白桜堂の丁稚《でっち》である。それがなんだか寂しくて、同時に不安にも襲われた。

約束の日時に南伝馬町の白桜堂まで出向いてゆくと、奥の間で待っていたおゆきが、のぞき込んでいた鏡台の鏡から顔を上げてこちらを向いた。

「お卯野さん、来てくださってありがとう」

小春であったときと変わらない、やさしげな笑顔だ。

芳太郎とはどうなっているのかと、髪を結うより先に訊きたい気持ちを抑えて卯野は応じる。

「私のほうこそ、また呼んでいただけて嬉しいわ。ありがとうございます」

おゆきの背後、少し離れたところに膝をつき、風呂敷包みを横に置いた。

おゆきの髪は、すでに解《ほど》かれていた。まずは櫛を入れ、梳いてゆく。これも変わらぬやわらかな手ざわりで、気持ちがいい。力強く梳き続けていると弾力が増し、ますますやわらかくなってゆく。

おゆきの髪に夢中になっていた卯野は、やがてふと我に返り訊ねた。

「今日は、どのように結いましょうか」

先日は、芳太郎から頼まれて丸髷に結った。つい、またそのように結いかけていたのだ。しかし、おゆきはまだ白桜堂の娘で、芳太郎との祝言が行われたわけではないのだから丸髷ではおかしい。わかってはいたのだが、訊ねずにいられなかった。おゆきの口から、前の髪結いを懐かしむ言葉が出るかもしれないと期待したのだ。

「華やかに可愛らしく、娘らしく仕上げてほしいわ」

おゆきの答えは、あっさりとしたものだった。卯野の不安は、胸の中で濃くなった。

「では、初めて結わせていただいたときのようにしましょうね」

気持ちを落ち着け、卯野は、おゆきの髪を結い上げてゆく。

「おっ母さんがね、あたしの髪を結いたがるの」

くすくす笑いながら、おゆきは言った。

「ずっとこうして結ってあげたかった、やっと願いが叶った、そう言って、初めて結ってくれたときは泣きながらなものだから、あたしも一緒に泣いてしまって」

すん、と、すすり上げるのだが、また笑う。

「でもおっ母さん、髪結いは下手。自分の髪もきれいに結えないから、髪結いさんを頼んでいるのよ。だからあたしもね、やっぱりお卯野さんに頼みたいってお願いしたの」

そこへ、母親のお照がやって来た。その後ろから、十歳ほどの少女が駆けてくる。おゆきの妹の、お藤だろう。確かに、おゆきとそっくりだ。

「姉さま、きれいにしてもらうのね」

おゆきの隣に座り込み、遠慮なく卯野の手元をのぞき込む。

「こらこら、お藤、お卯野さんのお邪魔をしてはいけませんよ」

たしなめる母の言葉など姉妹は聞かず、用意されていた飾りのあれこれを卯野に示しては、ふたりではしゃぐ。

卯野の目は、無意識にあの櫛を探していた。小春が〝一番の宝もの〟と言っていた、芳太郎からの贈りものだ。蒔絵で、ちいさな桜の花が二輪、描かれた鼈甲の櫛。しかし、そこにあの櫛はなかった。

「まったく、姉妹の仲がよすぎるのも困ったものですよ」

お照は卯野に、ため息をついてみせた。困った、と言いながらも、そう言えることの幸せを噛みしめているのがわかる。

薄めの色合いの鼈甲の櫛と笄《こうがい》、ちいさな鈴のついた簪《かんざし》、緋色《ひいろ》の鹿の子。母娘三人があれこれ話し合って決めた飾りで、おゆきの髪を仕上げた。

「いかがでしょう」

合わせ鏡で確認をしてもらう。

「うん、いいわ。やっぱりお卯野さんに来てもらってよかった」

「あたしも、お卯野さんに結ってもらいたい」

「そうね、また今度、お藤のこともお願いしましょうね」

「いいでしょう、お卯野さん」

お藤の可愛らしいおねだりに、卯野は笑顔で頷いた。

絵に描いたように幸せそうな、母と娘たちの姿であった。まるで、おゆきが迷子の行方知れずになっていた日々などなかったかのようだ。

お照は改めて卯野に礼を言い、何度も何度も頭を下げた。髪結いが終わると清兵衛もやって来て、また頭を下げられた。

一家四人に見送られて恐縮しつつ、帰ろうとした卯野を、おゆきが追いかけてきた。

下駄を引っかけ、通りまで見送ってくれたおゆきは、今日の髪結いも気に入った、これからも頼みたいと申し入れてくれた。

「おゆきさんが幸せそうで、よかったわ」

おゆきは、はにかみ、笑みを浮かべる。

「亀戸にいたころのことも、江戸に出てきてからのことも、岩三お父つぁんのことも何もかも、今ではなんだか夢みたいに思えます」

岩三の名を聞き、卯野は、最後に見た岩三の寂しげな背を思い出した。

あのとき岩三は、おゆきを捜す迷子石について口にしたのだった。

「もしや」

ふと思う。

「岩三さんは、あの迷子石に書かれているのがおゆきさんのことだとわかっていたのではないかしら。それでも――」

おゆきを、いや小春を手放す気にはなれずにいたのではないか。虐げながらもやはり、小春を本当の娘として思う気持ちと葛藤していたのではないか。ただの想像に過ぎないが、そんな気がしてならなかった。

おゆきは、それには応えず卯野から目をそらし、黙り込んでいた。やがて、ぽつりと言う。

「あたし、上総屋の若旦那さまのお嫁にはなりません」

卯野が知りたいと思っていたこと、しかし聞きたくないと思っていた言葉だった。

「なぜ……」

卯野が問うと、おゆきは苦い笑いを浮かべてみせた。

「もう長いこと、若旦那さまに会っていません。家族とたくさん過ごしなさい、って言うの。初めはその気遣いが嬉しかった。若旦那さまの言うとおりに、お父つぁん、おっ母さん、お藤、店の者たち、皆と過ごすうちにあたし、ちゃんと白桜堂の娘に戻れた気がする。嬉しくて、若旦那さまにもあたしの家族と仲よくなってもらいたくて、一緒に出かけたりしたの。上総屋さんの皆さんともお会いした。祝言の話も出ていた。でもね」

次第に芳太郎が寂しげになっていくのを、おゆきは感じたのだという。

「あたしと家族の様子を、寂しげに見ていなさるの。あたしの世話は家族にまかせて、遠くから見ているだけなの。自分からそうしているのに、どんどん寂しそうになっていくの。あたし――、思うんです」

おゆきは、ため息をついた。

「あたしはもう可哀想な子ではない。若旦那さまに守ってもらわなければいけない子ではなくなってしまった。だから若旦那さまは、あたしに興味をなくしてしまったんじゃないかって」

「まさか」

芳太郎は、そんな薄情な男ではない。

卯野が訴えても、おゆきが頷くことはなく、浮かべていた笑いが次第に、苦いものから寂しげなものに変わっていった。それは先日、堀留町のあの家の前で見かけた芳太郎の背中に感じた寂しさとよく似ていた。

「若旦那さん、実は岩三さんが亡くなる前の日、私のところへいらしたんです」

あのことを、おゆきは知らないはずだ。

「明日、小春を連れて逃げる、だから手を貸してくれ――って」

おゆきの顔が、くしゃりと歪んだ。今にも泣き出しそうな目になって、声にはすでに涙が滲み、

「あのとき――岩三お父つぁんが死ななかったら、あたしたち……」

そのほうが、ふたりは幸せになれたのだろうか。

すぐに住まいに戻る気になれなかった。卯野の足は自然に、住み慣れた八丁堀へと向

かっていた。武家地の静けさが恋しくなった。

気づかぬ間に空には雲が広がり、楓川を越中殿橋で渡るころには、ぽつぽつと小雨が降り始めてしまった。

「おい、卯野」

橋を渡りきる前に声をかけられた。虎之介だ。

「傘はどうした」

訊ねるより早く、虎之介の傘は卯野に差しかけられている。

「まさか、降るとは思わなくて」

虎之介の自然なやさしさに、ほっとした思いで、卯野は微笑んだ。

「花絵に会いに来るところだったのか」

「そうではなくて。なんとなく、八丁堀が懐かしくなってしまったの」

素直に言うと、虎之介は卯野が寂しく悲しい気分になっているのを察してくれた。

「少し歩くか」

雨だがまあいい――と、虎之介は笑う。ふたりは、八丁堀の組屋敷へと足を向けた。

「虎之介さまは、なぜここにいらしたの」

「父上の使いの帰りだよ。このまま道場に寄ろうと思っていたんだが」

「私、お邪魔ですね」

「そんなことはない」

桑名《くわな》藩《はん》松平《まつだいら》家の屋敷塀に沿って歩く。

虎之介は何も訊ねてこなかった。同じ傘の中にいるのは決まり悪い気がしてきて、やがて卯野は口を開いた。

「小春さん……いえ、おゆきさんの髪結いに行ってきたところです」

「白桜堂の。また呼んでもらえたのか。よかったな」

「はい。でも――、虎之介さまはご存知ですか、おゆきさんと上総屋の若旦那さんがだめになってしまったこと」

「ああ、聞いている」

「おゆきさんは、自分が可哀想な子ではなくなったから若旦那さんは興味をなくしてしまったんだ、なんて言うんです。そんなこと、あるかしら」

うーん、と虎之介は唸った。そして、

「俺は芳太郎から直接、別れた理由を聞いたわけでもないから憶測なんだが」

と切り出す。

「白桜堂の夫婦をおゆきのところへ連れて行って少し話をしたとき、芳太郎は、おゆきの素性が知れて喜びながらも何か複雑な気持ちでいるように見えた。とにかく世話好きな男だからな。自分が守ってやらなきゃならない女、自分だけが守っている女であったはずの〝小春〟に、自分以外に庇護《ひご》する者が現れて、寂しくなったんじゃないか。実際、白桜堂に戻ったおゆきは幸せそうで、自分の手など必要ないのではないかと思い始めたのかもしれない」

「でも、あんなに仲睦まじいふたりだったのに」

「男と女だ、ほんの小さな綻びでも、そこからふたりの気持ちの釣り合いが崩れて離れてしまうなんてのは、よくある話だ」

「私には、まだよくわかりません」

「おまえはまず、誰かを好きになってみるところから始めないとな」

「確かにそうね。私、たとえば〝お江戸の娘たちの恋を叶えるむすめ髪結い〟の噂を聞く立場だったとしても、好きな人すらいないんだもの、自分も結ってもらいたいだなんて思いもしないに違いないわ。――あ」

卯野は声を上げ、立ち止まった。虎之介の足も、つられて止まる。

「なんだ」

「せっかく、おゆきさんと若旦那さんの恋が叶ったことが私の評判を上げてくれているようだったのに。私、恋を叶える髪結いではなくなってしまった」

「そりゃ困ったな」

笑いながら、虎之介は卯野の背を押し歩き始めた。屋敷に寄っていけ、千鶴の旨いものが何かあるだろうからそれを食って元気になれ——と、誘ってくれた。

「虎之介さまと会えて、よかったわ」

〝千鶴の旨いもの〟をいただくまでもなく、こうして虎之介と話しているだけで元気が出てきた。

礼を言われ、虎之介は少し照れたようだ。しばらく黙っていたが、やがてぽつりと言った。

「おまえは、まだ〝恋を叶える髪結い〟だよ」

「でも」

「芳太郎と小春の恋は叶ったろう」

しかし、芳太郎とおゆきになってからのふたりの気持ちは、残念ながらすれ違っていってしまった。

「一旦は叶った恋を手放すと決めたのは、あのふたり自身。それはおまえには関わりのないことだ」

雨は知らぬ間に小降りになり、そろそろ上がりそうな様子であった。

けれどもふたりは、武井家の屋敷に着くまでひとつ傘の下にいた。

二　お母さまの恋

一

そもそも奇妙な依頼だったのだ。

「本当はあたしがいただいた仕事なんですけど」

すぐ出なければならないからと、土間に立ったままお蔦は話し始めた。

今夜、陽《ひ》が落ちるころに迎えの者を行かせるから髪結いに来てほしい——そんな仕事を頼まれたのだという。しかも、使いがやって来たのはつい先ほどで、

「あたし、困っちまいましてねえ」

秋茄子《あきなす》づくしの料理を味わいながら上弦の月が真夜中に沈む様を愛《め》でる会に、招かれているのだという。句会を兼ねてもいるのだそうで、

「あたしは俳諧なんて、さっぱりなんですけどね」

花絵の実家・叶屋のご隠居からの招待で、花絵の姉・お絲《いと》はお蔦の贔屓客《ひいききやく》であり、断るわけにはいかない。

「お嬢さん、代わりに引き受けてもらえないかしら」

「でも、夜の髪結いですよね」

卯野は、八重へと目を向けた。

八重は今日も静かに座り、縫いものをしている。手を止め、目を上げると静かに言った。

「夜というのは心配ですね」

そもそも、夜に髪結いを頼んでくるというのが奇妙な話だ。

「なぜ、夜なのでしょう」

「さあ……、あたしもそれは聞いてません。初めてのお客なの」

「どちらの、どなたの髪結いを頼まれたのですか」

「日本橋通《とおり》南四丁目にある藤屋《ふじや》という酒屋の、お嬢さんです」

通南四丁目なら、卯野の住む呉服町からは遠くもない。藤屋という酒屋も知っている。下灘《しもなだ》からの下《くだ》り酒《ざけ》を商う店だ。問屋を通さず直接、仕入れる、この店にしかない酒というのがあるという。武井家に奉公していたころ、それが近ごろ大層、評判になっているのだと教えてもらった。蔵元でもわずかしか造っていない酒の、しかも新物が毎年、この店にだけ入るのだ。

客の身元がわかると、少し心が動いた。

卯野にはまだ、ご贔屓と呼べる客がいない。確実に呼んでくれるのは、神田川沿いの通りにある小間物屋、白屋だけ。とはいえまだ幼い姉妹の髪を結わせてもらっているだけなのだ。

花絵のおかげで〝お江戸の娘たちの恋を叶《かな》えるむすめ髪結い卯野〟に興味を持ってくれた娘たちはそこそこいるのだが、一回限り、興味本位なだけの客がほとんどで二度目に呼ばれることがない、というのが実際のところだ。白桜堂の娘・おゆきの恋があんな終わりを迎えたことを知る者もおり、胡散臭《うさんくさ》いものを見る目を向けられることまである始末だった。

仕事をもらえるのなら、ただそれだけで嬉《うれ》しい。

「でも」

と、また卯野は慎重に言った。

「お客さまは、お蔦さんだからこそ頼んでこられたのではありませんか」

初めての客であるのなら、江戸で一番の人気女髪結いであるお蔦にどうしても結ってもらいたいと熱望しているのかもしれない。卯野などが代わりに行ったら、がっかりされるのではないか。

え」

「いいえ、使いの人の話しぶりだと、それほどの様子でもないように思えましたけどね

それでもやはり不安は消えなかったのだが、

「実は、虎之介さまがご存知の方なんですよ」

お蔦の言葉に、心はまた動いた。

「その縁での依頼なんで、あたしも断るわけにはいかなくって。だからといって今夜の招待は抜けられないし、代わりを頼むにしても誰でもいいというわけにはいきませんからね」

若い娘の髪結いなのだし、卯野ならば――と声をかけてくれたのだという。

お蔦にそうまで言われたら、またまた心が動くというものである。

「本当に、なんの心配もいりませんよ」

結局、卯野は、その仕事を引き受けることにしたのだった。

約束の時刻になり、やって来た迎えの者は、寡黙な初老の男だった。必要なこと以外は口にせず、それもひと言ふた言で、常に視線は伏せ気味のまま。しかし、周りへの目配りには隙がなく、信頼の出来そうな者に思われた。

八重も外まで出てきた。薄く暮れた辺りを見まわし、心配げにしていたが、迎えの男が八重にもしっかりと目を合わせて目礼すると、幾分、安心したようだ。卯野を送り出

す時には笑顔になった。

「いい仕事をしていらっしゃい」

「はい。行ってまいります」

目を合わせて微笑《ほほえ》み合うと、奇妙なこの仕事への不安がまた少し薄れる。

互いしか頼れる者はない、というここでの暮らしの中、母と娘の気持ちは以前よりもっと強く結びつきつつあるように思う。


真っすぐ藤屋に案内され、離れに通されて、卯野の不安や緊張はすっかり解《ほど》けた。

ところが、

「まあ、お蔦さんではないのですか」

迎えてくれたのは、あからさまな落胆の声なのである。

玄関で迎えてくれたのは、お嬢さんというには老けた年齢の女だった。

どうやら、代わりの者が出向くという話は客に伝わっていなかったらしい。迎えの男は、こちらの名を確かめることをしなかったので、お蔦が伝えてくれているものと思い込んでいたのだ。

「申し訳ございません、お蔦さんは都合が合いませんで。私が代わりに参りました」

素直に頭を下げる、まだ年若い卯野を見、可哀想《かわいそう》に思ったのか女は落胆を消した。笑

みを浮かべもするのだが、

「お蔦さんでないのなら意味がないのですよ」

やはり、そういうことらしい。

「ですが、そのお蔦さんから頼まれて参ったのですから……」

食い下がってみても、お代は渡すから帰ってくれとまで言うのである。

さすがに悲しくなってきた、ちょうどそのとき、奥から少女が現れた。小走りにやって来て、

「お蔦さんがいらしたの、お母さま」

問うたあと、卯野を認めると戸惑いの声を上げる。

「思っていたよりお若いのね、お蔦さんて」

小首をかしげると、解かれて肩に掛かった髪が、さらりとすべった。

大人びた顔をしているが、卯野とおなじくらい、十五か十六歳といったところだろうか。ただ立っているだけでその場の明るさが増すような、華やかな美少女だ。

お客の〝お嬢さん〟は、この少女なのだろう。ふたりは母娘なのだろうが似ておらず、母親のほうは地味で、顔立ちも薄味で平凡だった。

「いえ違いますよ、この方はお蔦さんの代理で」

「卯野と申します」

名乗ると、娘はその名を耳に留め、大きく目を見開いた。

「お卯野さんですって。まさか、あの〝お江戸の娘たちの恋を叶えるむすめ髪結い〟の」

「あなたがお卯野さん……まさか」

母親の声がし、そちらを見やると目が合った。母親も、卯野の名を知っていたようだ。

〝まさか〟は卯野の気持ちでもあった。まさか、藤屋の母娘が自分の名を知っているとは思いもしなかったのだ。さらには娘が、

「私、本当はお卯野さんに髪結いをお願いしたかったんです」

などと目を輝かせる。

「お蔦さんの代わりにお卯野さんがいらっしゃるなんて。すごいわ」

はしゃぐ娘に、

「今、帰っていただこうとしていたところですよ」

母親が、ぴしりと言った。

「そもそも、髪結いを頼むなんて贅沢《ぜいたく》なこと。自分の髪は自分で結う、それが女のたしなみですからね」

八丁堀時代、よく耳にした言葉だ。

卯野は内心、首をかしげた。町の母娘がこんなやりとりをしていても、もちろんおか

しくはないのだが、まるで武家の母親が娘に言い聞かせているかのようにも見えて、どこか、ちぐはぐな感じを受ける。

娘は卯野を見、訴えた。

「何度も何度もお願いしたんですよ。やっと聞き入れていただけたところなのに」

「お蔦さんに頼むのなら、という条件だったはずです。恋を叶える髪結いだなんて、そんな……」

「浮かれているんじゃありません、って——はいはい、それも何度も何度も聞きましたよ」

母娘の喧嘩《けんか》が始まってしまった。

客の住まいに上がっての仕事である以上、家の中での客たちの剝《む》き出しの姿を見てしまうこともある。いたたまれない思いをすることも多く、先日、お蔦に相談してみると、

『それも髪結いの仕事のうち』

と笑い、気づかぬふりをしたり受け流したりなど、うまい処し方を覚えなければならないと教えてくれた。

今、目の前で始まった母娘喧嘩も、まさにそれである。とりあえず、口を開かずなりゆきを見守ることにした。

「帰っていただきましょう」

母親は、断固として言い張る。卯野は内心、これはおそらく帰されてしまうのだろうなと覚悟していたのだが、失望を顔には出さずに立っていた。

娘も引かずにいたのだが、ぷいと踵《きびす》を返した。そのまま、振り向きもせず奥へと戻っていく。その背は、頑固な怒りで強《こわ》ばっていた。

やがて、母親がため息をついた。

「お待ちなさい、志織《しおり》さん」

娘は足を止めもしない。が、母親は気にせず、気難しげに宣言した。

「やはり、お卯野さんに結っていただきましょう」

卯野の胸は期待に躍る。娘がゆっくりと振り向いた。

「本当に、よろしいのですか」

母親の様子を慎重にうかがっている。卯野も平静を装いつつ、母親の答えを待つ。

「このまま帰っていただくのでは、やはりお卯野さんに失礼ですからね」

卯野に気遣いを見せるのだが、こちらに向けられた目は厳しく、本心では帰ってほしいと願っているのが見て取れた。

しかし娘は、いそいそと卯野を手招きする。

「よかったわ。お願いしますね」

無事、髪を結わせてもらえるらしい。母親の態度は気になるが、ともあれ安堵《あんど》し、卯野は娘についていった。

奥の間に鏡台が用意されていた。暗い中でも髪結いの手元が明るくなるように、との配慮だろう、鏡台の周りには行灯《あんどん》や燭台《しょくだい》がいくつも置かれている。揺れる灯《あか》りの中に娘の顔がぼうっと滲《にじ》んでいる様は、どこか空恐ろしいものでもあるが、なんとも言えず、きれいだ。

卯野は娘のかたわらに寄り、持参の道具を入れた風呂敷包みを置いた。

娘の髪に触れてみた。細くてくせがないのだが、さらさらと流れてしまい、まとめるのが難しそうだ。油をどう使おうか考えながら、しっかりと梳《す》き、卯野は結い始めた。

ふたりは藤屋の内儀と娘で、母親の名は松江《まつえ》、娘は志織。大人びて見えるが志織は実は、まだ十三歳だと聞き、驚いた。

そんな年齢の少女の髪をこんな時間に結ってくれというのは、やはり妙な仕事である。どんな事情があるのだろうと、はじめは気になったものの、志織の髪に触れているとすぐ、そんなことなど忘れてしまった。

「お卯野さんのことは、お友だちから教えてもらったんです」

藤屋の向かいにある蠟燭屋《ろうそくや》の娘だそうだ。志織とは、琴の稽古仲間でもある。

花絵が自分の友だちに話した噂《うわさ》が意外なところにまで広がっていることに、卯野は改めて驚いた。

「お初ちゃんのお姉さまが、自分も恋が叶うようお卯野さんに髪結いを頼みたいと誰かと話しているのを聞いたのですって」

お初ちゃんというのが蠟燭屋の娘である。

「お卯野さんは、もとは武家のお嬢さまだったそうですね。そんな方が、町に出て髪結いで身を立てていらっしゃるなんてすごいです」

「いいえ、身を立てられてなどおりません。まだ、駆け出しの中の駆け出しですもの」

おしゃべりが進むと、あどけない口調になったり日常の無邪気な様子が垣間見《かいまみ》えたりと、十三歳らしく思われてきた。

町娘らしく結綿《ゆいわた》に、髷《まげ》も鬢《びん》もすべて丸くやわらかくまとめる。さらに愛らしい仕上がりになるよう、掛ける鹿の子《かこ》の色目は桃色にしようと決めた。

しかし、用意されていたものの中にある赤紫が気になる。くすんだその赤は、志織によく似合うのだが、十三歳より大人びて見えてしまいそうだ。しばらく思案したのち、もうひと色、合わせることを思いついた。

赤紫と薄い紅梅。濃いものと淡いもの、二色の紅を取り合わせたらどうだろう。

それでいいかと訊《たず》ねると、志織は目を輝かせて頷《うなず》いた。ところが松江が、納得いかないというふうに眉を寄せた。

「少し大人び過ぎはしませんか」

「いえいえ、お嬢さまには、よくお似合いだと思いますよ。大人びるというより、落ちついた雰囲気になるはずです。それでいて、華やかで愛らしい」

卯野は松江を振り向き、微笑んでみせた。

「そうでしょうか」

「もちろんですよ」

にこやかに答えながら鹿の子を結び、髷の上に飾る。そのまま手を動かし続け、最後に「いかがでしょう」と訊ねながら志織に合わせ鏡を渡した。仕上がりを確かめてもらうためである。

「まあ、これは――きれいになりましたね」

松江が感心した声を上げ、志織の髪を背後から横からとながめては頷いている。相変わらずの気難しげな顔ではあるが、卯野の髪結いを気に入ってくれた様子である。

「本当にきれい」

志織も鏡に見入っている。

「こんなにきれいに結っていただけたら、確かに恋も叶うに違いないわねえ。――ねえお母さま、お母さまも結っていただいたらどうかしら」

志織の言葉に、松江は目を丸くした。

「とんでもない」

「せっかくの機会ですよ、お母さまもお卯野さんにきれいにしていただいたらいいわ」

「自分の髪は自分で結えます」

それでも志織は食い下がって勧めつづけるのだが、松江はかたくなに拒むばかりだ。

これは決して受け入れないだろうと見て取り、卯野は、頃合を見て立ち上がった。

「そろそろ私は、お暇《いとま》いたします」

そうなると結局、志織は黙るしかなかったのだが、ひどくがっかりした様子なのが卯野には気になった。

松江が玄関まで送ってくれた。

「ありがとうございました。このような時刻にまで、本当に申し訳ありませんでした。源三が、必ずお宅までお送りいたしますから」

お代を渡してくれたあと、松江は深々と頭を下げた。

外に出ると、先ほどの使いの男が、すでに控えて待っている。男の名は源三であるようだ。

辺りには、墨を塗りつけたような濃い闇が降りていた。こんな時間に外にいるなど、卯野にとっては生まれて初めてのことだ。風も冷たく、闇への恐怖と相まって背筋がふるえた。

「参りましょう」

源三の、その声のあたたかさと、足元を照らしてくれている提灯《ちょうちん》の明かりだけが頼りだった。

先を行く源三を追い、卯野も歩き出す。路地から表通りへ出る手前で、ぼんやりとした明かりの輪の中に巾着が見えた。路地の隅に、どこかから吹き寄せられてきたかのように落ちているのだ。

紅の濃淡と緑が印象的な更紗《さらさ》で、目を凝らして見ると花鳥が描き出されているのがわかる。とんぼ玉の緒締《おじめ》は金。小ぶりの巾着だった。

「源三さん、ちょっと待ってくださいな」

卯野は巾着を拾い上げた。土埃《つちぼこり》がついているわけでもなく、きれいなままだ。まだ、落とされて間もないのかもしれない。持ってみると、中に銭が入っているのが感触でわかった。

立ち止まり振り向いた源三に、示してみせる。

「こんなものが落ちていました。小銭が入っているようなんです。どうしましょうか」

源三は巾着をじいっと見つめ、

「お預かりしましょう。自身番《じしんばん》へ届けておきますよ」

空いたほうの手を差し出した。

卯野が巾着を預けたとき、ふいに半鐘が鳴り出した。ひとつ鳴るごとに、のんびりとした間が入る。

「あの鳴り方なら火元は遠い」

源三は、空を振り仰ぎながら言う。それでも卯野は、身をすくめてうつむいた。

「炎もどこにも上がっていない。なに、心配いりませんよ。おそらく、どこかで小火《ぼや》でも出たんでしょう」

「私は、小火も嫌いです」

「嫌い……、怖い、ではなくですか」

「はい。火事はみんな嫌いなんです」

卯野は、顔を上げもせずに答えた。

二

翌朝、卯野はいつもより寝坊をし、目覚めてもまだ眠くて寝床でぐずぐずしていた。

昨夜《ゆうべ》、帰り着いたのは木戸が閉まるぎりぎりの時間であったのに、八重は起きて待ってくれていた。しかし、疲れていた卯野は「くわしい話は明日の朝」と言い、床に倒れ込み、すぐに寝入ってしまったのだ。

夜具の中から這《は》いずり出、身支度を整えると、やっと頭も体もすっきりしてきた。

卯野母娘の住まいは二階建てで、二階の六畳を寝間にしている。梯子《はしご》のように急な階段を、踏み外さぬよう気をつけながら降りてゆく。

「お母さま、申し訳ありません、朝のお手伝いも出来なくて……」

しかし、階下に八重の姿はなかった。

出かけるとは聞いていなかった。どうしたのだろうと首をかしげていると、外から話し声が聞こえてきた。

土間に降りて腰高《こしだか》障子《しょうじ》を開けると、八重が、向かいに住む豆腐屋の女房・おせきと立ち話をしている。

「おはようございます」

声をかけるとふたりは話をやめ、こちらを向いた。

「おはよう、お嬢さん」

おせきが笑顔で応えてくれた。

「お嬢さん、無事に戻れたようでよかったわ。ゆうべは奥方さん、随分と心配なさってたのよ」

奥方さん、というのはどうやら八重のことであるらしい。

おせきは昨夜、卯野の帰りが遅いと心配して何度も外をのぞく八重に気づき、声をかけたのだという。

「おせきさんも一緒に心配してくださったのですよ」

「まあ。それは申し訳ありませんでした」

「いいえ、いいのよ。出かけたのが藤屋さんで案内付きだっていうなら滅多なことはないだろうけど、夜の髪結いというのがなんだかねえ、胡散臭いから心配したよ」

そういえば、なぜ夜に呼ばれたのかを訊《き》かずに帰ってきてしまった。はじめがあんな様子だったため、ばたばたと髪結いが始まり、そこまで気が回らなかったのだ。

「藤屋といえば」

おせきが、にやにやと笑った。

「近ごろ、夜中になると狐火《きつねび》が飛ぶって噂が立っているけれど、どうだった」

「狐火ですか」

「真夜中に、まずはひとつ灯《とも》って、そのあと十にも二十にもなって一列で、すーっと流れていくんだってさ」

「見ませんでしたよ、そんなもの」

卯野が笑うと、おせきも楽しげな笑い声を上げた。

「そりゃそうだよねえ。──で、藤屋さんの、どなたの髪を結ってきたの」

「お嬢さんの、志織さんの髪です」

「お嬢さん……」

おせきは笑いを消し、ふっと眉をひそめた。

「藤屋さんにお嬢さんなんていないでしょう」

「いらっしゃいましたよ」

「それはおかしい。藤屋さんには後継の坊ちゃんがひとりいるだけだよ」

「でも」

卯野は確かに藤屋の離れに行き、内儀と娘と名乗るふたりと会い、娘の髪を結った。

「やっぱり夜というのが怪しいよ。まさか、狐に化かされたわけじゃないよね。狐火の噂もあることだし、怪しい」

「まさか」

苦笑しながら、卯野は我が手を見下ろした。志織の髪の感触は、まだここに残っている。さらさらとした、繊細な髪。あれが、化けた狐の偽物の髪だったとは思えない。

「……まさか」

と、また呟《つぶや》き笑ったが、すっきりしない。あのふたりは一体、誰だったのか。本当に藤屋の内儀と娘であったのか。

「何か事情があって、素性を偽ったのかもしれませんよ」

八重が、静かに口をはさんだ。おせきは、さすがに本気で狐を疑っているわけではなく、

「お蔦さんの紹介だっていうなら、あの人が何か知ってるかもしれないね」

と言うので卯野は、なるほどと頷き、

「訊いてきます」

八重とおせきを残して隣家に向かった。

腰高障子を叩《たた》き、お蔦を呼ばう。しかし、いつまで待っても応えはない。

「もしかしたらお蔦さん、昨夜から戻ってないのかもしれないね」

おせきが卯野の隣にやって来て、自分も障子を叩きながら「お蔦さん、いるかい」と声を張り上げたのだが、やはり中は静まり返ったままだった。

「お留守のようですね」

卯野がため息をついたとき、おせきの息子たちが走ってきた。

「おっ母《か》さん、忘れものをした」

手習いに出かけていたはずが、戻ってきたようだ。下の子は八歳、上の子は十歳の、素直でにぎやかな子どもたちだ。

「なんだい、何を忘れたの」

「草紙」

照れ笑いをしながら言う下の子の頭を、ぽんと叩き、おせきは、

「すみませんね、あたしはこれで」

子どもたちを連れ、住まいに戻ってゆく。

残された母娘も、引き揚げることにした。住まいの障子を開けはしたものの、卯野は足を止め八重を振り向いた。

「私、もう一度、藤屋さんに行ってみます。気になって落ち着かないもの」

八重は「まずは朝餉《あさげ》を」と引き止めたのだが、聞かずに卯野は走り出す。


藤屋は間口五間《けん》、土蔵造りのどっしりとした店構えで、奥には蔵と、卯野がゆうべ訪ねた離れがある。

店先から中をのぞいてみたが、忙しく客の応対をしている店の者に声をかけるのは気後れがしてしまい、卯野はしばらく通りを行ったり来たりした。

店の横には路地があり、離れに続いているのは、ゆうべ案内されて通ったから知っている。こちらに誰かいれば、と、のぞいてみたが人の気配はなかった。

そろそろと路地を進んで行ってみた。ゆうべは暗くて辺りの様子がよくわからなかったが、昼に見ると奥は意外に広く、蔵と離れがゆったりと建てられている。

おそらくゆうべ髪を結わせてもらった間《ま》はこちらだろうと、奥へとまわり込んで行く。ちいさな庭に面した廊下があり、まだ午《ひる》まえだというのに障子は閉まっていた。

「どなたかいらっしゃいませんか」

おずおずと声を出したが、しんと静まり返ったまま。しばらく待ってから、今度は少し声を大きくしてみた。

障子が、かたりと動いたように思った。確かに、かすかな音がした。しかしそれだけで、やはり障子は開かない。——気のせいだったのだろうか。

もう一度、誰かいないかと呼んでみたが応えはなく、やはり表に戻って店の誰かに訊ねてみようと踵を返したときだ。

「誰だ」

いきなり障子が開かれた。

といっても、ほんのわずかで、そこから男が顔を出している。三十を過ぎたばかりといった年齢だろうか。陰気な目で厳しく卯野を見据えてくる。

「あの……、ゆうべ、呼んでいただいた髪結いです」

「髪結いがなんだ。なぜ勝手に入り込んできた」

その理由は『ゆうべ、卯野は誰の髪を結わせてもらったのかを知りたい』という単純なもので、それを率直に言えばよかったのだが、男の様子があまりに怖くて、卯野は縮み上がってしまった。勝手に入り込んできたのは確かに悪い、という後ろめたさもある。

「あのう……、実は帰り際に、こちらで拾いものをいたしまして」

あの巾着のことを思い出し、そう言ってみたのだが、言い訳じみているのは自分でもよくわかっていた。

「拾いものだと」

男は顔を険しく歪《ゆが》めている。卯野は、さらに身を縮める。しかし、ここで逃げてはいけないと勇気を奮い起こした。

「お店のほうがお忙しそうで声をかけられなくて、つい入り込んでしまいました。申し訳ありません」

ふん、と男は鼻を鳴らし、訊ねてきた。

「何が落ちていたんだね」

「巾着です。更紗の」

「更紗の巾着……」

「ゆうべのお客さまが落とされたものではないかと思いまして。お訊ねしたいと思い、参ったのですが」

「客って誰だ」

「こちらのお嬢さまの、志織さんです」

「うちに娘などいないよ」

「私は、そのようにうかがったんです。お内儀《かみ》さんの松江さんもご一緒でした」

「藤屋の内儀の名前は、お久《ひさ》だ」

「でも確かに……」

「おまえ、狐に化かされたのではないかね」

嘲笑《あざわら》い、男は、ぴしゃりと障子を閉めた。

「お待ちください、もう少しお話をさせてください」

廊下に走り寄り、訴えたのだが、

「知らないね」

冷たい応えがあっただけで、障子は開かなかった。

それでも、しばらく待っていると、ひそひそとした話し声が聞こえた。今の男と、もうひとり、女の声が聞こえる。何を話しているのかはまったくわからなかった。やがて、その声も止《や》み、障子の向こうには人の気配すらなくなった。

どうやら、ゆうべ卯野が会ったのは藤屋の母娘ではないというのは本当のことらしい。路地を戻り、店先の者にも確かめてみようと思ったのだが、やはり忙しそうで声をかけることは出来なかった。

住まいに戻り、飯と漬物をとりあえず胃に収める。食事を終えると卯野は、昨日、お蔦がやって来たときの話の中に虎之介の名が出てきたことを思い出した。

「そういえば、ゆうべのお客さまのことは虎之介さまもご存知なのだと、お蔦さんがおっしゃっていましたね」

「そうでしたね。虎之介さまに訊ねたら何かわかるでしょうか」

「私、武井さまのお屋敷まで行ってきます」

八重の返事を待たずに立ち上がる。

小走りに木戸を抜けながら、久しぶりに虎之介に会えると思い、胸が弾んだ。


ところが、虎之介も留守だった。

「どこだったかしら、変なおじいさんのところへ外国の言葉を習いに行ったのよ」

卯野が来てくれたと喜ぶ花絵に手を引かれ、奥の間へと連れて行かれた。

「変なおじいさん……」

「長崎帰りの医者崩れって聞いたけど。虎之介さまの知り合いって、なんだかそんなのばかりみたい。それより、来てくれて嬉しいわ、お卯野さん」

花絵は、花を生けているところだったらしい。

「うまく生けられないからといって居残りよ」

それを命じたのはもちろん、お留である。花首を切られた菊が三本、投げ捨てられたように散らばっているところを見ると、花絵は居残りに飽きていたところのようだ。

「あらじゃあ、お花の続きをどうぞ」

澄ました顔で卯野が言うと、花絵は頬をふくらませたあと媚《こ》びるように笑った。

「虎之介さまが戻られるのを待つでしょう。それまで遊びましょう。お花はいいから、千鶴さまのおいしいものを何かいただいてきましょうよ」

「それは後にして、まずは菊をきれいに生けてあげてくださいな」

「あたしが、花を生けるのは苦手なこと、お卯野さんならよくご存知でしょ」

「私は遊びに来たのではないの。虎之介さまにお話があるんです」

「あら、あたしは聞かせてもらえない話なの」

「まさか。もちろん、花絵さんにも聞いていただきたくて来たのよ」

すると花絵は真顔になり、背筋をきれいに伸ばし、空っぽの花器の前に座った。

「なんなの、何か困ったことでも起こったの」

花のついた菊を一応、手には取るのだが、身を乗り出して卯野を見つめる。

「実はゆうべ、お蔦さんに頼まれて、代わりの髪結いに出かけたんです」

「あらすごい。お蔦さんの代理だなんて」

と、はじめは茶化していたのだが、花絵は、話をすべて聞き終わると首をかしげた。

「やっぱり狐の親子かしら」

「それはないでしょう」

卯野が笑ったところへ、虎之介が帰ってきた。おとうとの新太郎の声が聞こえてくる。

「兄上、今日はどんなお話を聞いていらしたのですか。わたしにも教えてください」

九つの新太郎は、歳《とし》の離れた義兄《あに》のことが大好きなのだ。虎之介も新太郎を可愛《かわい》がり、よく相手をしてやっている。武井家の後継となるべく養子に迎えられたはずが実子の新太郎が生まれたことで将来が変わってしまったというのに、腐ることなく過ごしている虎之介の姿を、卯野もとても好もしく思う。

足音を聞きつけ、花絵が座敷を飛び出した。

「虎之介さま、藤屋のお内儀をご存知ですか」

廊下で、いきなり目の前に立ち塞がれて、虎之介は面食らった。新太郎は興味津々、花絵を見上げている。

「なんだ、どこの藤屋だ」

「日本橋通南四丁目にある酒屋ですよ」

「ああ、白正宗《しろまさむね》の藤屋だな。あれは飲み口に張りがあって、辛くて旨《うま》いんだ。で、そこの内儀がどうした」

「虎之介さま、その方をご存知ですか」

「知らねえよ」

あっさりと首を振り、廊下から座敷をのぞき込んだ。

「来てたのか、卯野」

「はい」

卯野も腰を上げ、廊下に出た。

「藤屋の内儀ってのは、なんだ。俺が知ってなきゃならない女なのか」

「お蔦さんが、虎之介さまがご存知の方だっておっしゃったんです」

「お蔦の勘違いじゃねぇのか」

首をひねっていたのだが、

「松江さんと志織さん。私、確かに藤屋さんの離れでおふたりに会ったんですよ、髪結いの仕事に呼んでいただいて」

卯野がふたりの名を口にすると、様子が変わった。

「松江と志織――松江が母親で志織が娘か」

「はい」

「それなら――」

虎之介が何か言いかけ、卯野が期待をかけたところへ、

「お卯野さん、お客さまですよ」

お留の声がし、虎之介はそちらを振り向いた。珍しく、お留は廊下を走ってくるのだ。卯野自身が客なのに、その卯野へさらに客というのはなんなのか。驚いて見ると、お留の後ろをなぜか、おせきがついて来る。

「お嬢さん、大変。ほらあの、ゆうべの――ゆうべの、あれだよ、狐の娘さん」

息を切らしながら、おせきは喚《わめ》いた。

「狐の娘ってのは、なんだ」

虎之介に訊ねられても答えなかったが、誰のことなのか、卯野にはわかっている。志織だ。

「来てるの。お嬢さんのとこに」

志織が、卯野の住まいを訪ねてきたというのだ。

「あたしが息子たちをまた送り出してたところへ、ゆうべお嬢さんに髪を結ってもらった藤屋の娘ですって言って、やって来てさ。しかも驚いたことに、家出してきたなんて言うんだよ」

「家出ですって」

それ自体にも驚くが、なぜ家出の先が卯野のところなのだろう。

「今、奥方さんが相手をしてる」

おせきは、卯野を呼びに来てくれたのだった。

「俺も行こう」

虎之介が言った。

「藤屋の内儀と娘には会ったこともないが、松江と志織という母娘なら知っている」

志織は八重に見守られ、火鉢の横に座っていた。隣にはもうひとり少女がおり、志織の手をしっかりと握りしめ、守るように自分の膝に置いている。

ふたりの顔は悲壮なまでにこわばり、まるで、手負いの身で戦場に向かおうとしている武士ででもあるかのようだ。しかし、卯野を見ると志織の目が輝いた。

「こんにちは、お卯野さん」

元気な挨拶をくれる。しかし、卯野の後ろから虎之介が顔を出すと途端にその輝きは消えた。

「虎之介おじさま……」

志織は不機嫌に眉を寄せ、隣の少女は身を縮めた。

「なんでこんなところにいらっしゃるの、ってところか」

志織は黙り込んでしまったが、虎之介から目をそらしはしない。けなげに真っすぐ、虎之介を見据えている。

「本当に知り合いみたいね」

花絵が、卯野の耳に囁《ささや》いてきた。

面白そうだからと、まだ空っぽのままの花器を放り出し、お留の小言も振りきって、花絵もついて来たのだ。新太郎も来たがったのだが、虎之介に諌《いさ》められて渋々、あきらめていた。

ふたりは寄り添い、土間に立っていた。開かれた障子の外には、おせきがいて、中をのぞき込んでいる。

「家出だと」

唸《うな》りながら、虎之介は框《かまち》を上がった。

「いったい何が理由だ」

「お母さまと喧嘩をしました」

「おいおい」

低い声でまた唸り、顔をしかめる虎之介を見ても、志織は動じなかった。ただ、隣の少女とつないだ手に束《つか》の間《ま》、力の入るのが見えた。

「喧嘩の理由はなんなんだ」

志織は答えず、虎之介がなだめすかすように質問を続けても、だんまりのままだ。さすがに、虎之介の顔つきも険悪な様子になり始めた。卯野は思わず、花絵と目を合わせた。

やがて虎之介は苛立《いらだ》たしげに息を吐くと、卯野たちを振り向いた。

「志織は狐の娘などではないし、藤屋の娘でもない。旗本の娘だ」

父親は岡村平四郎といい、大御番《おおごばん》の番士で、歳は三十と虎之介より上だが、随分と世話になった昔馴染《むかしなじ》みなのだそうだ。

「お武家の娘さんですって」

　花絵は身を乗り出し、志織をじっくりとながめている。今の志織は、卯野が昨夜、藤屋の娘だと疑いもせず結った髪のために、町の娘と言われてもすっかり信じてしまう姿である。

「それがなぜ、藤屋さんの娘を装うのかしら」

　花絵が卯野の耳に囁きかけるのと同時に、おせきが言った。

「おや、またお客さんだよ」

　振り向くと、すぐそこにいた松江と目が合い、卯野は思わず後ずさった。松江の背後には源三が控えている。源三は、卯野に黙礼をくれた。

　松江は土間に立ち、志織に真っすぐ目を据える。

「心配しましたよ、志織さん。源三が、あちこち捜しまわってくれていたのです。まさか、こんなところに来ているとは」

　おそらく、かなり心配をしていたのだろうが、松江の声からも表情からもそれが感じ取れず、不思議だった。志織は、と見ると、かたくなに俯《うつむ》き母親を見ようとしない。改めて、どこか奇妙な母娘だと卯野は思った。

「虎之介さま」

　と松江が呼びかける。

「お知らせくださいまして、ありがとうございました。志織が大変ご迷惑をおかけいたしまして、まことに申し訳ございません」

虎之介は苦笑し、

「いやいや実は、手前はまだ事の次第もよくは存じておらぬような有様でして。一番に迷惑をしているのは卯野なのではないかな」

卯野を見やる。とんでもない、と卯野は慌てて首を振った。

続いて虎之介は、志織へと顎を向けた。

「志織は、松江どのと喧嘩をしたと言っておりますが」

「他愛《たわい》のない親子喧嘩でございます」

隙なく、松江は答えた。

「おそらく、志織が何か我がままでも言い出したのでしょうな」

などと虎之介が笑うので、志織ともうひとりの少女は腰を浮かし、むきになって訴えた。

「そんなことじゃありません」

「志織ちゃんが我がままなど言うものですか」

「では、何が家出の理由なんだ」

虎之介に問われると、志織はまた口を閉じてしまった。そんな志織を、虎之介はただ見ているだけで、なだめすかして話させようとまではしない。

長い長い沈黙が続き、結局、松江が、

「これ以上、ご迷惑をおかけするわけにはまいりません」

厳しく頬を引き締めて、

「志織さん、お暇をいたしますよ。お初さんも、さあ」

ふたりの少女をうながした。

志織と共にいるのは、卯野のことを教えたという蠟燭屋の娘お初だった。ぽっちゃり、おっとりとした人の好《よ》さそうな少女で、志織と並ぶと歳の離れた妹のように見えるのだが、同い年の十三歳だという。志織の家出に付き添ってきたとは、ふたりは、よほど仲が良いのだろう。

「いやです」

志織は、もちろん頷かない。下を向いたまま、くちびるを引き結び、ますます強くお初の手を握りしめる。

どうも、ただの我がままには思われない。志織のあのかたくなさには、一体どんな意味があるのだろう。

虎之介が言う。

「仕方ないな。志織は、我が家で預かりましょう」

松江がそれに答える前に、志織が声を上げた。

「いやです。私は、こちらでお世話になりたいのです」

「そんなわけにはいかんだろう」

「なぜですか」

「こんな――」

虎之介は口ごもったが、こんな狭い家、と言いたかったのに違いない。卯野と八重、ふたりならば充分な住まいだが、もうひとり加わるとなると確かに手狭になってしまう。

しかし志織は、虎之介が飲み込んだ言葉には思い至らなかったらしい。

「おじさまのお世話になるのでは、家出の意味がなくなってしまいます。いやです。お母さまが私の気持ちをわかってくださるまでは、私は絶対に帰りません」

松江のほうも、あまりに頑固に言い張る姿に我慢が出来なくなったらしい。急に声を荒らげた。

「お卯野さんに私が髪を結ってもらうのが、なぜそんなに大事なことだというのです」

そして、自分の名前が出てきたことに卯野が驚く間もなく、母娘喧嘩がここでも始まってしまった。

「大事なんです」

「だから、なぜ」

そういえば、志織はゆうべ、自分の髪結いが終わると母にも結ってもらうよう勧めていた。放っておいたら今のように喧嘩になりそうな様子になったため、卯野は気を利かせて引き揚げたのだが、あのあと結局、そのことで言い合いになってしまったのだろうか。

「お母さまはわかっていない。私がどんなに……どんなに……」

志織は声を詰まらせ、松江は苛立たしげに首を振る。

卯野は、虎之介がこちらを見ろと無言の合図を送ってきているのに気がついた。

虎之介は、志織へ顎を向けてみせ「頼む」と口の動きだけで伝えてくる。その意を汲《く》み取り、卯野は申し出た。

「志織さんがどうしてもとおっしゃるなら、とりあえず我が家でお預かり致しましょう」

八重にも目で問うと、それでよいというように頷いてくれた。

志織とお初が、喜びの声を上げる。反対しようとした松江を、虎之介の加勢が制した。

「それが一番かもしれねぇな、卯野には迷惑をかけちまうが」

「いいえ、迷惑だなど……。今は志織さんの気持ちを大事にすべきだと思いますもの」

そう言われても松江は、気難しげに眉を寄せている。

「隣はお蔦の住まいだし、いざ狭っ苦しいとなったら八重どのは隣に逃げ込めばいいな」

虎之介が呟き、ちらりと松江を見やる。すると松江の眉が、ふっと解かれた。

「お隣には、お蔦さんがお住まいなのですか」

「そうですよ」

虎之介が答え、松江は何やら考え込んだ。皆、息を詰めるようにして、じっと待った。

やがて、松江は鷹揚《おうよう》に頷く。

「わかりました。では、お願いいたしましょう」

決断したとなると松江の行動は素早い。浮かれ気味になった志織に、よそ様にお世話になるのなら気をつけねばならぬことをあれこれと言い聞かせ、お初を手招きする。

「いらっしゃい。おうちまで送りましょう」

お初は、ひそひそと志織と何やら話をしてから立ち上がった。素直に土間に降りたあと、卯野を振り向き、

「いつか、あたしの髪も結ってくださいね」

憧れのまなざしをくれた。

松江はお初を連れ、八重にも卯野にも過剰なほどに頭を下げながら外に出た。源三をしたがえて、また頭を下げ、長屋から去ってゆく。

三人が木戸を出たところで、卯野は、ゆうべ拾った巾着のことを思い出した。

「すぐ戻ります」

八重に断り、小走りに後を追いかける。

卯野に気づいた源三が松江に声をかけ、立ち止まった。源三は、岡村家の小者《こもの》だという。

「ごめんなさい、源三さん、ゆうべの巾着ですけれど……」

「ああ、自身番に届けておきましたよ」

「ありがとうございます。実は先ほど、藤屋さんへ出かけて、あの離れにいた人に訊いてみたんですが」

あの男は拾いものの話にはろくに答えをくれず、何もわからずじまいだった。

「藤屋へお出《い》でになったので」

源三は、ぴくりと眉を上げて訊ねてきた。

「はい。松江さまと志織さんのことが何かわかるかと思って」

「離れにいたのは誰でしたか」

「男の人でしたよ。――あの、ゆうべはなぜ藤屋さんにいらしたのですか」

「藤屋は志織さんの乳母の実家なのです」

松江が答えた。

「屋敷に女髪結いを呼ぶのはどうかと思いましたので、離れをお借りしました。藤屋さんから、夜でないと離れを空けられないと言われまして、あのような時間になってしまったのです」

お蔦なら夜の町も慣れているはずと、気にしなかった、しかし卯野は戸惑ったであろう、申し訳なかった――松江はまた頭を下げる。

「巾着の落とし主がわかったら、すぐにお知らせしますよ」

源三が言い、またまた頭を下げてくれる松江に恐縮しながら、卯野は彼らを見送った。

「まだ戻っていねぇようだな」

虎之介は、お蔦の住まいの腰高障子の腰板を、足で軽く蹴った。

ゆうべのことについて改めて卯野から事情を聞き出すと、ならばお蔦と話をしたいと虎之介は言い、卯野も共に住まいを出て来た。志織の髪結いは、お蔦から譲ってもらった仕事なのだから、きちんと報告をしておかねばならない。

ほんの一瞬、虎之介は、ためらうような仕草を見せた。遠慮したほうがいいのだろうかと、卯野のほうもためらった。しかし、だめだとは言われず、そのままついて来たのだった。

「あいつ、ゆうべはどこへ出かけたんだ」

訊ねられ、卯野はゆうべのお蔦との会話を思い返した。

「叶屋さんのご隠居さまからのご招待だと言っていました。なんだったかしら、秋茄子を食べる会だったかしら」

「ああ」

虎之介は、悪童のように笑った。

「叶屋のじいさんだな。俺も招待されたんだが断った。秋茄子を食いながら月を見て句をひねらなくちゃならねぇ会、だろう」

「そうです、そうです。俳諧なんてさっぱりだけど断れないから行ってくる、って」

「なに、子どもの遊びみたいなもんだ、あのじいさんの句会なんて。美人の後家だかの師匠に入れ込んで、その気になってるだけだから。それより、まだ戻らないというのは妙だな。じいさんの句会のお開きが遅くなるなんてことはないんだ、早寝のひとだから。そのあと、どこぞに出かけたか、あるいは――逃げたか」

最後のひと言は小さな唸りのようなものだったが、卯野の耳に確かに届いた。

「逃げるって、誰からですか」

「ああ――、いや、なんでもない」

虎之介は、卯野の気をそらすかのように乱暴に戸を叩いた。もちろん応えはなく、

「困ったもんだな、お蔦も」

苦笑いを浮かべながらその名を呟く声は、やさしい。

そういえば、虎之介とお蔦は一体どこで知り合ったのだろう。

あちらこちらで遊んでいるという噂の虎之介なら、町の女髪結いと関わりを持つことがあってもおかしくない――初めはそう納得したのだが、どうやら虎之介の毎日は噂ほど浮いたものではないらしいとわかった今、改めてそれが気にかかる。

率直に訊ねたが、虎之介は「うむ」と唸り、困り顔で笑った。

「それは今は、勘弁してもらえるかな」

「ごめんなさい、いらぬことを訊ねてしまいました」

「いや、おまえは何も悪くない」

話はそれで終わってしまった。虎之介はもう一度、腰板を蹴ると、

「一体、どこにいるのやら」

悪態をつき、さあ戻るぞと卯野をうながした。

三

志織のいる毎日は、穏やかなものになった。

長屋での日々を志織は珍しがり、楽しんでいる。朝も早起きをして水汲みを手伝い、やって来る棒手振《ぼてふ》りからの買い物を手伝う。

「青物もお魚も、卵や飴《あめ》まで、なんでも売りに来てくれるのですねえ」

長屋の路地にまで、棒手振りがやって来るのだ。ちょっと住まいから出るだけで、なんでも手に入る。ここで暮らすようになったとき、卯野も、町での暮らしの便利さに驚いたものだった。

志織は、八重から縫いものの手ほどきも受けた。まだ雑巾すら縫ったことはないのだと言い、針を持たせてみると縫い目も不揃《ふぞろ》いでひどいものだったのが、八重の教えで、あっという間に上手になった。

結局、狭い住まいとはいえ華奢《きやしや》な志織が加わったところでどうということもなく、八重がお蔦宅へ逃げ込むようなこともなかった。もっとも、お蔦はあれ以来、姿を見せず、どうやらまだ留守をしているようである。

髪結いの仕事は朝が早い。そのため、朝の家事は八重の負担が増えてしまう。その手伝いも、志織は進んで買って出た。

「お屋敷でも、こんなにお手伝いをしていらっしゃるのかしら」

八重がからかうと、志織は恥ずかしげに笑う。

「いいえ、まったく。本当は、お母さまからお料理を習ったりしたいのですけれど、まだ早いと言われています」

「もう十三歳におなりなのですもの、早くもないでしょう」

「でもお母さまは、早いと考えていらっしゃるんです。……私と、こんなふうに過ごすのがお嫌なだけかもしれませんが」

八重の隣に立ち、これを洗って、これを切って、と青物を渡され、まかせられるのを楽しみながらのおしゃべりであった。

それまで、家出についてや松江のことなどは一切、話に出なかった。志織を急《せ》かさない、追い詰めない、と皆で決めてあるからだ。

「お嫌などということでは、ないと思いますよ。おそらくお母さまは、志織さんがいつまでもちいさな子どものような気がしていらっしゃるのでしょう。髪結いに興味を持つのを嫌がるのも、だからなのかもしれませんよ」

「そうでしょうか」

志織の答えには、懐疑的な響きがあった。

ちょうどそこへ、卯野は、仕事道具を入れた風呂敷包みを持って二階から降りていった。気づいた志織が振り向いた。

「だから、お卯野さんがうらやましいです」

「何がですか」

卯野は、話の流れがわからず、きょとんと目を見開いた。

「お母さまと仲がよろしくて、おふたりで助け合って暮らしていらして」

「そうするしかないからですよ」

八重が笑い、卯野も、

「助け合っているというより、私が助けられているだけですよ」

と笑う。

実際、ここに来てからは戸惑う間もなくただ慣れるのに忙しく、一日一日をなんとか乗り越えているうちに、母娘の役割が自然と出来ていたというだけのことである。

志織はそれ以上、何も言わなかったのだが、そのときに見せた寂しい笑みが、卯野の心に深く残った。

志織は、卯野の仕事について来ることもあった。おとなしく控え、櫛《くし》を卯野に渡したり鏡台の向きを直したりと、甲斐甲斐《かいがい》しく手伝いをしてくれた。

ある日、志織は「お初ちゃんも一緒に行ってもいいか」と訊ねてきた。お初は近ごろ、家の中が何やらごたついており、鬱々と毎日を過ごしているので気持ちを盛り立ててやりたいのだという。

神田佐久間町《かんださくまちょう》にある小間物屋・白屋の三姉妹の髪結いの仕事が入っている日だった。さすがに先方の白屋に迷惑なのでは、と思案した末、白屋に訊ねてみると構わないとの答えだったので、ふたりを連れて出かけて行った。

ふたりの少女は肩を寄せ、手をつなぎ、仲よく卯野の仕事ぶりをながめている。次女のお千《せん》の髪を結っているところで、卯野の膝には末っ子・お小夜《さよ》の手が乗っている。何度か通ううち、七つのお小夜はすっかり卯野になついてしまい、大抵、こうして甘えているのだ。

志織とお初に向けて白屋の内儀が、

「お卯野さん、大分、腕を上げられたんですよ」

褒め言葉を口にしながら微笑んでみせた。てきぱきとお千の髪を梳きつつ卯野は、頬を染めた。

「恋を叶える髪結いさんって評判を、私も聞いたわ」

長女のお夏《なつ》が、からかうように卯野を見る。

「それは花絵さんが、誰かの耳に残って髪結いを頼んでくれる人が少しでもいるようにと考えて、噂を流してくださっただけなんですよ」

「花絵さんが、ですか」

お夏の声に、ふと陰りが混じったような気がした。卯野がそちらを見ると、お夏は母親をちらりとうかがっている。しかし内儀のほうは知らぬ顔だ。

「花絵さんて、だあれ」

お小夜が、愛らしい声で姉に訊ねた。

「叶屋のお嬢さんよ」

「ふうん」

頷いているが、お小夜は〝叶屋〟というのがなんなのか、わかっていないようだった。

「叶屋さんて、きれいでくふうのある袋物で評判のお店でしょう」

志織が話に加わってきた。

「お初ちゃんから噂をよく聞くんですよ。ね」

「お姉ちゃんが贔屓にしているんです。ついこの前も、巾着を誂《あつら》えてもらってました。でもね、あたしみたいな子どもにはまだ早いと言って触らせてもくれないのよ」

「叶屋のお嬢さんと知っていたら、花絵さんとお話をしたのにねえ」

ため息まじりの志織の言葉に卯野が応え、

「また遊びに来ると思うけれど、それまで志織さんがいらっしゃるかはわかりませんね」

最後に、からかいを付け足した。すると志織の様子が頑《かたく》なになった。

「いますよ、きっと」

ぶっきらぼうに吐き捨てる。

「あたしの髪、随分と伸びたでしょう」

ふいに、お千が口を開いた。

十歳のお千は物静かな少女で、髪結いの最中も滅多におしゃべりをしない。こんなふうに話しかけてくるのは珍しいことだ。おそらく、場の雰囲気が重くなりそうなのを読み取り気を利かせたのだろう。卯野もそれに乗った。

「そうですね、初めて結わせていただいたときは、まとめるのに苦労したものね」

あちこちから取った髪を集めて髷らしきものを作ったのを、卯野は思い出した。あれからお千は髪を伸ばし始め、今は、あのときほど苦労せずともまとまる。

お千は藤色の飾りが気に入っており、鹿の子を少しだけ大きめに結んだものを飾って仕上げると、合わせ鏡に映った自分を嬉しげにのぞいていた。

お小夜の髪結いは終わっており、最後は長女のお夏である。

姉妹三人に気に入ってもらえる髪結いとなり、卯野も満足して仕事を終えた。志織とお初は、ずっと楽しげに、内儀や姉妹たちともおしゃべりをしながら卯野の手元を見守っていた。

「また来てね。また、蝶々《ちょうちょう》をあたしの髪に止まらせてね」

帰り際、お小夜が卯野に抱きついた。鹿の子で作ってやった桃色の蝶々が、頭の上で揺れていた。

冷たい小雨の降る日であった。

傘をさしての帰り道だが、志織とお初はひとつ傘の下だ。ずっと楽しげにおしゃべりをしながら歩いている。卯野を振り向き、話に引き入れながら笑いころげたりと、ふたりはとにかく仲がよい。

やがて、お初の家である蠟燭屋に着いた。

確かに藤屋とはお向かいだ。元々、志織が乳母に連れられ藤屋へ来るたび遊んでいた幼馴染で、琴の稽古は示し合わせておなじ師匠についたのだった。

志織と名残《なご》りを惜しみ、卯野にも次はぜひ自分の髪を結ってくれと頼み込んだお初は、憂鬱そうに傘から出、店の中へと入ってゆく。

「ただいま」

やけくそのように大きな声を掛けているが、それに応えるものはない。代わりに、

「ああもう、あの娘のことでわたしを煩わせないでおくれ」

苛立たしげな男の声が聞こえてきた。

「あんな娘のことは放っておけばいい。わたしはもう知らないよ」

「おまえさん、そんな大きな声で……。外に丸聞こえじゃありませんか」

「知るものか。どうせ皆、なにもかも知っているに違いないよ」

その後は、ひっそりと静まり返る。

卯野は驚き、思わず志織に目を合わせた。すると志織は、ひどく大人びたため息をつ

いてみせる。

「行きましょう」

卯野をうながし、歩き出した。

「今のは……」

訊ねながら、卯野は志織を追いかけた。

「お初ちゃんの鬱々の理由。内緒ですけど、お初ちゃんのお姉さま、駆け落ちをしちゃったんです」

「駆け落ち」

卯野は再び驚いて、大きな声を上げてしまいそうになったのを、ようよう抑えた。

「一体、誰と」

「さあ。私はそこまでは知らないんですけど、ご両親が知ったら反対されるに決まっているお相手だからずっと内緒にしていて——とうとう駆け落ちをしちゃった。そのせいで今、お初ちゃんのお父さまもお母さまも心配するやら怒るやら大変なことになっていて、お初ちゃんは放っておかれて。お初ちゃんだってお姉さまのことが心配なのに、ちょっと口をはさむと〝子どもは黙っていなさい〟なんですって」

志織は、ぷくっと頬をふくらませた。

「お初ちゃん、傷ついているんですよ。お姉さまの恋をずっと応援して、話を聞いてあげたりしていたのに、一切なんの相談もなく急に消えてしまったんですって、お姉さま」

志織とお初は、このところずっと互いの鬱々を語り合い、慰め合っていたのだった。

とはいえ、ふたりが会えるのは琴の師匠の家でと、ほぼ限られている。親しくするのを止められているわけではないが、そもそも身分が違う上、志織は母・松江の躾《しつけ》が厳しく、自由に過ごす時間がない。ふだんは文《ふみ》のやりとりでおしゃべりをしており、多い日には使いの者が三度も四度も行き交うことがあるのだという。

志織の家出も、文のやりとりで決めた。母親との喧嘩の勢いのまま短い文をいくつも書きなぐり、お初の返事を待たずにまた次を書き、何通もを一度に送り届ける――といった調子の衝動的なものではあったが、

「後悔はしていません」

志織はきっぱりと言い切った。

しかし、卯野が、なぜそこまで思い詰めたのか訊ねたがっているのを察したのだろう、そのまま口を閉ざしてしまった。ふたりは、黙々と長屋への道を辿《たど》った。

住まいに戻ると、八重は膝に縫いかけの単《ひとえ》を置き、大儀そうに首を回しているところだった。

「お帰りなさい、よい仕事になりましたか」

「はい。楽しくおしゃべりもさせていただいて来ました」

八重は日がな、縫いものばかりをしている。

八丁堀で暮らしていたころにもそうだったのだが、あのころは屋敷の者たちの着るものすべてを八重が縫っていたため、必要に迫られてのことだった。しかし二人暮らしの今は、毎日、縫わねば困るようなことはない。縫い上げたものをほどいてはまた縫い直したりもしているようだ。

「お母さま、肩が凝っていらっしゃるでしょう」

卯野は風呂敷包みを置き、八重の背後に膝をついた。

「いいのよ、肩もみなんて。卯野も疲れて帰ってきたのだから」

「いいえ、私は若いから三人の髪を結ったあとでも充分、元気なんです」

笑ってみせ、首筋からほぐしていった。

志織は隅に腰を下ろし、火鉢に掛かった鉄瓶へ目をやった。茶をいれようかどうしようか迷っているようだ。

「こんなに根を詰めなくてもよろしいのに」

「いいえ、腕が落ちないようにと思ってね」

八重は膝からずり落ちそうになっていた単を直した。

「実はね、私も仕立ての仕事を出来ないかしらと思っているところなんですよ」

「お母さまが、お仕事を」

「ええ。私だって、ここで家事ばかりしているつもりはありませんよ」

「〝お仕立て〟の看板も軒に吊《つ》るしてみましょうか」

「呉服屋さんの仕立ての仕事などもあるでしょうけれど、どうすれば仕事をいただけるのかは、さっぱり……」

「口入れ屋さんを訪ねてみるとか」

肩もみをしながら話し合う母と娘を、志織が羨ましげに見ていることに、やがて卯野は気がついた。

翌日には花絵が、

「虎之介さまのお使いです」

と言ってやって来た。志織の様子を見て来いと言われたのだ。

「これは千鶴さまからのお土産」

手渡してくれた包みの中身は羊羹《ようかん》だった。茶をいれ、それをおいしくいただきながら、志織も交えておしゃべりをする。

「虎之介さまがご自分でいらっしゃればいいのにねえ」

面倒くさそうに花絵は言うが、ここに来られる口実が出来て喜んでいるのはよくわかった。卯野も嬉しく、志織も楽しげに花絵と話している。

しかし、虎之介の顔も見られたらもっと嬉しいというのも本音だった。

「私は嫌ですよ」

志織が悲鳴を上げた。

「おじさまがいらしたら、また怒られますもの」

「安心して。虎之介さまは、志織さんのことはこちらにお任せしていればいいと信頼していらっしゃるようで、今は別のことに夢中ですから」

「別のことって何なの」

卯野が訊ねると、花絵は思わせぶりに声を潜めた。

「先日、堺町《さかいちよう》にある白粉屋《おしろいや》の村田屋、そこの持ってる向島《むこうじま》の寮の押入れで、死んでる男が見つかったんですって」

卯野と志織は身を縮め、八重も眉を顰《ひそ》めている。

「なぜ、そんなところに……」

「まだ、何もわからないらしいの。その男の身元も不明で、見つけたのが虎之介さまだったものだから行きがかり上もあって、その件に首を突っ込んでいらっしゃるのよ」

「なぜ、虎之介さまが村田屋さんとやらの寮などにいらしたのかしら」

「さあ」

花絵は首を振るばかり。とにかく虎之介は屋敷におらず、花絵も近ごろ、顔を見ることすらないのだそうだ。ここへ来るようにとの指示も、お留からの伝言だった。

「そんなことに関わって、危なくはないのかしら」

「大丈夫とは思うけれど」

とは言いつつ花絵も、心配する卯野に頷いた。

早くその件が落ち着き、虎之介が無事に顔を見せてくれればいいと、卯野は願った。

志織は次第に、もの言いたげに卯野を見ることが多くなっていった。

おそらく、あともう少しで志織は、家出の理由や松江への思いを卯野に伝えてくれるだろう。自分の思いを口にすることが出来れば、それだけでも多少なりとも気持ちは軽くなるはずだ。

辛抱強く待ち続けたそのときは、ある夜に訪れた。

ふたり分の寝床をうまく分け合い、夜は二階で三人、枕を並べてやすんでいる。その夜、八重が寝入るのを志織が待っているような気配を感じ、卯野も眠らずにいた。

「お卯野さん……」

隣から、志織が囁いてきた。

「眠れませんか」

卯野も囁きを返す。

「いえ、眠らずにおりました」

ひそやかでありつつも、芯のある声である。そこにある決意を聞き取り、卯野は気が引き締まった。

「お卯野さんに、聞いていただきたいと思いまして」

「お母さまとのことですね」

「はい」

頷いたあと、志織はしばらくの間《ま》を取った。そののち、志織は潔く話し始めたのだが、はじめに出てきたのが、

「私とお母さまは、実の親子ではないのです」

であったため、卯野はただ驚いた。

しかし、松江と志織の間には奇妙な距離があった。言われてみれば、なるほどと頷いてしまう話である。

「私は、父がまだ若いころ、外に作った子ども」

それは、松江を嫁に迎える前の出来事であった。

「実の母は身ごもったと知ると姿を隠してしまい、しばらく行方知れずだったため、父も祖父母も私が存在していることすら知りませんでした」

志織は、三歳になるまで実母とふたりきりで暮らしていたのだ。

「一体どこであったのか――、ここのような長屋に暮らしていたそうです。そのころのことは、幼すぎてほとんど覚えていないけれど、母が金魚を買ってくれて、きれいな丸い鉢に放した途端、ひらひらと泳ぎ始めたのが楽しくて嬉しくて、ふたりで声を揃えて笑った――その記憶だけは、あざやかに残っているんですよ」

「実のお母さまは、武家の方ではなかったのですか」

「はい。どんな方なのか、お父さまとどこで知り合ったのか、誰も教えてはくれませんけれど」

その秋、志織が、あわや拐《かどわ》かされそうになるという事件が起こった。たまたま遊んでもらっていた大店《おおだな》の息子を狙ったものだったのだが、志織も巻き添えを食ったのだ。幸い、そばにいた店の者が気づいて大声を上げたため、事なきを得た。

「その事件が、実の母の中で何かのきっかけになったようなのです」

おそらく、それまでにも何度も、自分ひとりで娘を育ててゆくことに不安を感じることがあったのだろう。

「実母は私を産んだとき、まだたったの十五歳だったそうですから」

「今の私より若いじゃないの」

卯野は、ため息をついた。十五で子どもを授かるのはもちろんのこと、たったひとりで産み育ててゆく決心をするなど想像も出来ない。

「結局、実母は私を、父に託すと決めました。そして、自分は姿をまた消してしまった……」

そのころには、すでに松江が嫁いできていた。

「複雑な気持ちだったでしょうね、急に夫の隠し子が現れて、その子の母親にならなければならなくなったのですから」

しかし松江は動じることなく志織を受け入れ、娘として育ててくれたのだという。

実母との暮らしがうっすらとではあっても記憶に残っていたため、誰に教えられるわけでもなく、松江とは実の母娘でないことを志織は知っていた。

「私はお母さまのことが好きです。実の母はただ、遠い記憶の中に存在する夢のような人でしかありませんし。お母さまと、ふつうの母娘のように仲よく暮らしたい。でも」

「松江さまは、よそよそしく接してこられる……」

「はい」

闇の中、重いため息が聞こえた。

「家出の理由は、志織さんが松江さまを慕う気持ちが通じないからですか」

それだけではないだろうと察しつつ、卯野は訊ねた。案の定、志織は「いいえ」と否定する。

「喧嘩の直接の原因は、松江さまにも私の髪結いを勧めて断られたことでしたよね」

「はい。お卯野さんは〝恋を叶える髪結い〟さんですもの、ぜひ、お母さまの髪を結って恋を叶えて差し上げてほしいんです」

「お母さまの恋……」

卯野は眉をひそめた。すでに夫のいる松江の、恋……。

しかし志織は気づかず続ける。

「もう本当にもどかしいのです。見え見えなのに、私が気づいているとは思いもしないでいつも気難しい顔をして」

卯野の頭の中では、ぐるぐると様々な疑惑がめぐっていた。一体、誰への想《おも》いなのか、まさか不貞の恋などということは――。

「ちょっと待ってください、お母さまの恋って……」

おそるおそる卯野が訊ねると、志織はやっと気づいてくれたようで、慌てて言い添えた。

「もちろん、お父さまへの、ですよ」

「ああ――、そうですよねえ、よかった」

心底から安堵する卯野がおかしいと、志織は笑う。気持ちがほぐれて来たようだ。

「お母さまは、お父さまより六つも歳上なんです」

「あら、随分と……」

「ええ。それを引け目に思っていらっしゃって」

さらには、夫の、若いころの叶わなかった恋を至上のものと捉えているようなところがあり、自分は間に合わせの妻、昔の恋人でなければ他の誰でもよいという程度の存在——などと自分を一段、低いところに置いているように見えるのだという。

卑屈になっているわけではなく、そのように結論づけてひとり勝手に納得してしまっている。それが、娘としては歯がゆいのだ、と。

「お父さまだって気づいていらっしゃるでしょうに、そんな素ぶりは一切なし」

格の合う家同士で結ばれた、ありふれた縁組であった。

志織の父・岡村平四郎は、消えた恋人への想いは一切、見せないまま松江を嫁に迎えた。志織を託されたときも、実母は平四郎の居ぬ間にやって来たため、ふたりが顔を合わせることはなかった。志織は、松江の手に渡されたのだ。いきなり現れた三歳の子どもに動揺はしていたというが、すぐにすべてを受け入れて、以来、志織が松江との間に出来た子であるかのようにふるまっている。

松江のほうも物静かに夫の世話に勤《いそ》しむだけで、情熱などまるでない淡々とした夫婦にしか見えない。

ところが先日、たまたま、志織は見てしまったのだ。

女中から松江を捜してきてくれと言われ、志織は何気なく平四郎の居間の外、閉じられた障子の陰に立った。すると、中からひそやかな声が聞こえてきた。

『平四郎さま、今日は特別に遅うございますのねえ』

どこか寂しげな呟きだった。気になって、志織は細く障子を開けた。中には松江がおり、その膝には平四郎の小袖がのっている。松江の手は慕わしげに動き、小袖を撫《な》でた。

『早《はよ》うお帰りくださいまし』

踏み込んではいけないところだと、志織にはわかった。そっと後ずさりし、女中のところへ戻ると『お母さまはどこにいらっしゃるのかわからない』と告げたのだった。

以来、志織は松江の様子を注意して見るようになった。

「そうしたら、気づいてしまったの。毎日の御膳に必ずお父さまの好物があることとか。朝、お見送りのとき、じぃっとお父さまの目を見つめたあとで頭を下げることとか」

卯野の知るあの松江からは、想像も出来ない姿だ。しかし志織は、その他にあれもこれもと語って聞かせる。

やがて卯野は、義姉《あね》・千世を思い出した。千世は周太郎への想いを隠しもせず、楽しげに世話を焼いていたのが違ってはいるのだが、志織が語る松江の姿は思い出の中の千世を思い起こさせる。

「だから私は、お卯野さんにお母さまの髪を結っていただきたかったんです」

これも、お初と文のやりとりをしている中で思いついた。お初の姉が〝恋を叶える髪結い〟の噂を聞きつけ、頼んでみたい、自分の恋も髪結いで叶えてもらいたい、と話している――あるとき、お初が文にそう書いてきたのだ。

ところが、自分が結ってもらいたいのだと嘘《うそ》をつき、松江に頼み込んでみたものの、お蔦ならば良い、などと話がややこしいほうへいってしまった。どうしても恋を叶える髪結いさんでなければならぬ理由があるわけでもないでしょう――と言われれば、そうですと答えるしかなく、がっかりしながらも、まずはお蔦に来てもらい髪結いを呼ぶのを特別なことではなくし、ゆくゆくは改めて卯野を――と計画を立て直していたところへ、

「お卯野さんが代わりに来てくださるなんて、思ってもみなかった」

これは何かの暗示に違いないと、お母さまもお卯野さんに結ってみてもらったらいい、と勧めたのに受け入れてもらえず、しまいには喧嘩になってしまった――それが家出の理由であったわけだ。

自分の髪結いが引き起こしたことだったのかと、卯野は申し訳ない気持ちになった。先日の、白桜堂のおゆきの件も話し、

「本当に恋が叶うというわけではないのですよ」

と打ち明けた。しかし志織は「わかっていますよ」と笑う。

「本当に叶わなくともいいのです。恋が叶うと評判の髪結いさんに結っていただいて、きれいになったら自信を持てるかもしれないでしょう。私は、お母さまにもっと自信を持っていただきたいの。勇気を持って、ご自分の気持ちを素直にお父さまに見せられるようになっていただきたいのです」

それはまさに〝恋を叶える髪結い〟としての卯野の、目指すところであった。

「志織さんは、本当に松江さまのことが大好きで、大事でいらっしゃるのね」

しみじみと卯野が言うと、志織が照れたように笑う、ひっそりとした気配が伝わってきた。

四

なんとか松江の髪を結う機会を得ることは出来ないか——。

志織のためにも松江のためにも、卯野はそれを願った。

まずは志織の様子を報告するためとして、松江と会えないだろうか。ふいに出向いても迷惑だろうと、虎之介を介したかったのだが、虎之介は留守ばかり。先日、花絵が言っていた件がまだ片づいていないのだろう。

そうこうしているうちに、卯野のもとに新しい仕事が舞い込んできた。南伝馬町にある半襟屋の娘が、卯野の評判を耳にしたからと呼んでくれたのである。

ところが、その半襟屋、丸屋に出向いてみたところ、髪結いなど頼んでいないというのだ。

「確かにこちらとうかがって来たのですけれど……」

途方に暮れる卯野を、わざわざ出てきてくれた丸屋の内儀は気の毒そうに見ていたが、とにかくうちでは頼んでいないと、きっぱり言い切られてしまった。

「帰りましょうか」

卯野は、かたわらの志織に声をかけた。志織が今日も、手伝いをすると称して付いてきていた。

「何かの間違いだったのかしらねえ」

「私も、使いの方が〝丸屋〟とおっしゃるのを聞きましたよ」

「いたずらだったりしたら、嫌ね」

ふたりが歩き出してしばらくしたところへ、慌てた様子の女が駆け寄ってきた。

「お卯野さん、お卯野さん」

息を弾ませ、卯野を見てにっこりと笑う。色白、小太りで背の低い人の好さそうな中年女で、先日、仕事を頼みに来た使いの者だ。

「ああよかった、間に合った」

「今、丸屋さんにうかがったら髪結いなど頼んでいないと言われて……」

「はいはい、申し訳ありません、あたしがちょいと間違えてしまいまして」

なんでも客の娘は今、許嫁《いいなずけ》のところにいるのだが、その男との仲は親から反対されており、許嫁といってもふたりで密《ひそ》かに交わした約束でしかない。今はまだ人に知られたくはないため、卯野のもとを訪ねた折にはうまく説明が出来ず、

「まあいい、お卯野さんがこちらにいらしたところを捕まえればいいわと思っておりましたんですよ」

ところが遅れてしまい、慌てた慌てたと女は笑った。

どうも胡散臭い話に思われ、卯野は警戒しながら訊ねた。

「それで、お客のお嬢さまは、どちらに……」

「はい、藤屋さんの離れでございます」

そんなわけで卯野はまた、藤屋の離れへ出向くこととなった。

使いの女が直接、離れまで通してくれた。玄関に出てきたのは藤屋の若旦那・千太郎《せんたろう》で、客である娘の許嫁だという。その顔を見て卯野は「あ」と声を上げた。志織の髪を結わせてもらった翌朝、ここを訪ねたときに会った、あの陰気な目をした男だったのだ。

千太郎のほうは自分の呼んだ髪結いがあのときの女だと知った上のことのようで、薄

気味悪い愛想笑いを向けてきた。

「どうも、先日は申し訳ないことをしたねえ」

しかし、卯野の隣にもうひとり娘がいるのに気がつくと、おなじく「あ」と声を上げた。

「こんにちは、千太郎さん」

志織が挨拶をする。当然、志織と千太郎は顔見知りであった。

実父に引き取られたとき、志織には乳母が付けられた。急に母親にさせられてしまった松江が戸惑うだろうとの、気遣いである。案に違《たが》って、松江は立派に母親の役を果たしてきたのだが、乳母は乳母で志織のそばに今もいる。

その乳母は藤屋の当主の妹で、千太郎には叔母に当たる。乳母は志織を連れ、よく実家に遊びに来ていたため、千太郎と志織も顔見知りであるのだが、年齢が離れすぎているのもあり親しいわけではなかった。

「なぜ……」

と、千太郎は絶句する。思いもしなかった人物が現れて驚いたのだろうが、それにしても驚きすぎなのが気になった。

「志織さんは、私のお手伝いをしてくださいます」

戸惑いつつも説明すると、千太郎は眉をひそめ何やら考え込んでいる。しかし、卯野

と志織を何度か交互に見たあとで、

「じゃあ、頼みますよ」

ふたりを奥へと導いた。

志織の髪を結ったのとおなじ部屋で、女がひとり待っていた。

「あれが、わたしの許嫁ですよ」

こちらに背を向け、鏡台の前にいた女が、大儀そうに振り向いた。十七か、八といったところか。卯野より少し年上だろう。ぼんやりとした女で、ゆっくりと浅く会釈をしてみせるのだが口を開きはしなかった。

「あのあと、志織お嬢さんがこちらでお卯野さんに髪結いをしてもらった話を聞いてね、そんな評判の髪結いならぜひ、お雅《まさ》をきれいにしてやってほしいと思ったんですよ」

女の名は、お雅といった。

卯野は、すぐ仕事に取り掛かった。そばには志織が控え、時折、卯野が手を伸ばしやすいよう道具を置き直してくれたりなどする。

解かれていた髪を手に取る。重みがなく、乾いており、生気のない髪だった。梳いても梳いても櫛の歯からふわりと広がり、まとまってくれない。

お雅は体の具合がよくないのか、あるいは疲れているのか……。千太郎とのことを反対されているという話だから、思い煩うことが多くてそれが髪を衰えさせているのかもしれない。

「結う前に、少し手当をしてみましょうね」

椿油《つばきあぶら》を少し手に取り、お雅の髪にすり込んだ。手櫛で、愛《め》でるように梳く。それを繰り返すうちに艶が出て、お雅の髪は命を吹き返し始めた。

「ほうら、元気が出てきましたよ」

櫛を手に持ち、さらに梳いた。

こうして髪を労《いた》わる方法は、お蔦に教えてもらった。髪が元気で美しくなければ、きれいに結い上げることも出来ない。客の髪の様子を見てその世話をすることも、髪結いの仕事だと自分は思っている——お蔦はそう言いながら、卯野の髪の世話をしてくれたのだった。

そして髪を結い上げてゆく。特別、くふうすることはなく、島田風に結って髷の下に緋色《ひいろ》の縮緬《ちりめん》を掛けた。短い鎖が三つ付いたびらびら簪《かんざし》を、右側にだけ挿す。

途中、千太郎が茶を運んできた。使いのあの女も退《さ》がらせてしまったようで、みずから運んできたのだった。

卯野は手が放せなかったが、志織が湯呑《ゆのみ》を取った。ところが、口に含むとすぐ顔を歪める。吐き出すわけにもいかずなんとか飲み込んだあと、千太郎に訊ねた。

「これは一体どんな飲みものですか。お茶ではないのですか」

千太郎が笑いながら答えた。

「蘭方《らんぽう》の薬でもある茶なのですよ。驚かせてしまいましたかな、申し訳ない」

「薬……」

「これを飲むとよく眠れるのです。お雅がここのところ疲れ気味でね、眠りが浅いとこぼすものだから取り寄せてみたのですが……臭いますかね」

吉草《きっそう》と呼ばれている草の根を乾燥させ、茶のように仕立てたものなのだという。

「苦いのですか」

卯野が訊ねると、志織は頷き、

「でも何かしら、他のものを混ぜて飲める味にはなっています。でも、臭いが……」

顔をしかめる。千太郎がまた笑った。

「珍しいものなのでお出ししてみましたが、取り替えましょう」

しかし、志織はその〝珍しいもの〟への好奇心が強い娘で、話の種になるからと茶碗《ちゃわん》にあったものを飲みきってしまった。

「お卯野さんも後で飲んでみるといいわ」

まずかったまずかった、と盛んに言いつつ、志織は楽しげにはしゃいだ。

髪結いが終わると、卯野はいつものようにお雅に手鏡を渡し、仕上がりを見てもらった。

「いかがでしょう」

訊ねると、やはりお雅は口をきかなかったが、伏せた目をゆっくりと卯野へ向け、微笑んでみせた。気に入ってもらえたのは伝わってきた。

安堵し、肩から力を抜いた卯野に、千太郎が茶を勧めてきた。

「ではお卯野さんも、どうぞ。疲れが取れますよ」

なぜ、苦くて臭いらしい茶など、もてなしとして出すのだろう。不審に思ったが、せっかくなので湯呑を取り上げてみる。近づけただけで苦そうな臭いが鼻に襲いかかり、思わず顔をしかめた。とりあえず口をつけたものの、飲む気にはなれず、くちびるについたものを舐《な》めただけでやめておいた。

飲んだふうを装い、志織に、

「本当に、びっくりするほどまずいお茶」

笑いながら話しかけたのだが志織は、こっくりこっくり、舟を漕《こ》いでいる。

「どうしたの、志織さん」

茶碗を置き、肩に手をかけた。すると志織はまぶたを開き、口に手を当てながら欠伸《あくび》をした。

「なんだか眠くなってしまって……」

「お卯野さんも眠くなってはきませんか。お疲れでしょう」

千太郎がいつの間にか背後に近づいてきており、卯野の耳に囁いた。驚いて振り向き、首を振る。

「いえ、私は……」

何かが変だ、と、遅ればせながら卯野は気がついた。

千太郎は微笑んでいる。しかし、まるで温かみのない笑みであり、よく見れば目にはまったく表情がない。その気はないのにいつの間にかじっと見つめ返しており、次第にその目が底のない穴のように思われてきた。吸い込まれ、捕らわれてしまいそうな錯覚を起こし、卯野は頭を大きく振った。

「仕事は終わりましたから、失礼させていただきます」

早くここを出たほうがいい。

ふるえる手で、卯野は道具を集めて風呂敷に包もうとするのだがうまくいかない。焦りながら志織を見ると、また眠り込んでいる。

「志織さん、帰りますよ」

「いや、あんたたちは帰れない」

背後で、魔王が唸るような不気味な声がした。千太郎に違いないのに、先ほどまで聞いていた千太郎の声には思われない。背筋から胸にかけて、ひやりと冷たいものが走った。恐ろしくて振り向くことが出来ない。

「なぜ、眠くならないのかなあ。志織お嬢さんには簡単に効いたのに」

あの茶を飲まなかったからだろうか。

「もう少し待てば効いてくるかな」

魔王が続けてそう言うので、飲まなかったとは決して口にするまいと卯野は決めた。

が、魔王――千太郎の手が、ふいに卯野の肩を摑《つか》む。

「効くまで待つのも、もどかしい」

両肩にあった手が、あっという間に首にまわった。ぎゅっと締められ、苦しくて咳《せ》き込みそうになるのだが、喉を押さえられているので咳《せき》すら出来ない。

一体なにが起こっているのか、まったくわからない。なぜ、千太郎は急に変わってしまったのだろう。なぜ、こんなことをするのだろう。ただ混乱するばかりで、反撃することも出来ない。

そのうちに、千太郎の手が首から離れた。前のめりに倒れた卯野は、そのまま這って逃げようとした。

「そうはいかないよ」

すぐにまた捕らわれ、今度は後ろを向かされて千太郎と目を合わさせられた。丸くて黒い玻璃《はり》のような瞳には、やはり表情がまったくない。

「ご覧」

千太郎が右腕を上げた。

見たくはなかったが、つい見てしまった。腕の先、右手には短刀が握られていた。振りかざしたそれを、今にも卯野に突き立てようというところなのである。

逃げなければという言葉が頭の中をめぐるのだが、手足が萎えて動かない。悲鳴を上げることすら出来ない。

短刀は、卯野めがけて下りてくる。ああもう終わりだ、なぜ、何のためにこんなところでこんな目に——呪いながら目を閉じる。

ところが、いつまで待っても覚悟していた痛みは襲ってこなかった。

間延びしたような時間がしばらく過ぎたあと、卯野は、そっと目を開けた。途端に、千太郎の咆哮《ほうこう》が辺りの空気を揺らがせる。

「お雅、お雅」

気が違ったようにその名を呼びながら、千太郎は卯野を放した。

すぐそばに、お雅の体が転がっている。千太郎が抱き起こすと、先ほどまで卯野を狙っていた短刀がお雅の腕に突き刺さっているのがわかった。赤い血が、たらりたらりと畳に垂れる。

「お雅——」

取り乱した千太郎は、卯野のことなど忘れてしまったかのようだ。

お雅が目を上げ、卯野を見た。今のうちに逃げて、と、その目が言っている。何が何やらまるでわからないが、とにかくこの隙にここを出なければ。髪結い道具はそのままに、とにかく志織を起こさなければと身を起こした。体は、呪縛が解けたように動き始めた。

しかし、その気配を感じ取ったのだろう。千太郎が、こちらを向く。

「逃げるのかい」

お雅の腕から、短刀を素早く抜いた。どうっと血が溢《あふ》れ出し、卯野は恐怖に言葉をなくす。

短刀の切っ先が、ふたたび卯野に向けられた、そのときだ。

ふいに、風が動いた。奥の間にふたりの男が駆け込んできた。

男のひとりが千太郎を背後から羽交い締めにし、短刀を取り上げた。そして卯野を見、大きく息を吐く。

「危ういところで間に合ったようだなあ」

虎之介であった。

「一体なにが起こったのでしょう……」

卯野は、呆《ほう》けたように呟いた。

五

千太郎は、自身番に引かれていった。

卯野と志織も虎之介に連れられ、自身番に向かった。そこにはすでに八丁堀時代に顔見知りであった町方の同心が待っており、藤屋の離れで起こったことを細々と訊かれた。周太郎と懇意であった初老の同心は、しきりに卯野を労わってくれもした。

「虎之介どのに遅れず、駆けつけたいところでございましたが」

急を要するからと虎之介は伝言だけを寄越《よこ》し、源三だけを連れて藤屋の離れに踏み入ったのだ。

なぜ虎之介と源三が藤屋の離れに行き着いたのかといえば、志織の家出に端を発する。

「お初の親から、駆け落ちした娘のゆくえを捜してほしいと言われてな」

そもそもは志織の父親が頼まれたのを、虎之介が、自分ならば時間を持て余しているからと引き受けた。世間知らずの娘の駆け落ち先などすぐに知れるだろうと思っていたところが、なぜか向島にある村田屋の寮の押入れで、死んでいる男を見つけてしまったのである。

それが、お初の姉の駆け落ちの相手であった。

「村田屋の寮へは、その男の足取りを追って行ったんだが」

虎之介が藤屋の離れへやって来るまでの経緯《いきさつ》を話してくれるのを、卯野と志織は並んで座り、渡された茶碗を抱きしめながら聞いた。

志織はまだ少しぼんやりしている。ふたりとも、茶碗を渡されたはいいが、ただの茶だとわかっていつつも中のものを飲む気になれず、ただ手にしているだけだ。

「はじめは、藤屋の離れに潜んでいるのかと思った」

例の、狐火の噂から推量したのだ。噂には何か理由があるに違いない。そこに誰かがいるのを隠すためなのではないか。藤屋の誰かが駆け落ちしたふたりの味方となり、手引きしたのではないか。

しかし、そこでふたりは見つからなかった。

「次に目星をつけたのが村田屋の寮だ」

もともとは先代の主《あるじ》が妾《めかけ》を置くのに建てられた寮で、先代が亡くなったあとしばらくは妾が暮らしていたもののその女も亡くなり、今は捨て置かれた状態になっている。先代の妻が忌み嫌うので、誰も近寄らなくなったのだ。

村田屋の娘とお初の姉は仲が良く、

「藤屋にいないなら、そこだろうと」

村田屋にことわり、寮に出向いてみたのだが、こちらにもいない。それでも――と捜しまわるうち、押入れで男を発見したのだった。

男は顔を滅茶苦茶《めちゃくちゃ》につぶされており、すぐには身元がわからなかった。しかし、着ているものや持ちもの、背格好などからお初の姉の相手と知れた。

「そのお相手は、どのような方だったのですか」

卯野が訊ねた。やっと人心地がつき、元気も出てきた。

「藤屋の手代の芳五郎《よしごろう》。蠟燭屋の跡取り娘とは身分が違うと反対されていた」

「それで、お初ちゃんのお姉さまは……」

虎之介は、卯野の背後を顎で示してみせた。

そこにいるのはお雅で、呼ばれてきた医者から、刺された腕の手当を受けている。先ほどから一言も口をきかず、うつろな目を一点に向けているだけだ。

「この方が」

卯野の隣で志織も目を見開いた。お初は姉を常に〝お姉ちゃん〟と呼んでいたため、名を気にしたことはなく、会うのも初めてだったのだ。

「それで、結論を言えば芳五郎を殺したのは千太郎だ。奴《やつ》はお雅に懸想《けそう》していた。しかしお雅は芳五郎に夢中で、反対されればされるほどふたりの仲は深まる。それを見せつけられているうちに、お雅への気持ちが捻《ね》じれていったんだろう」

ふたりの駆け落ちを知った千太郎は、ゆくえを追い、村田屋の寮を突き止めると押し入った。何を言うでもなく、ただ鬼の形相で芳五郎を殺し、お雅を連れ去ったのだという。

「私が髪結いに呼ばれたのはなぜでしょう」

「おそらく、おまえが拾った巾着のせいだと思う」

源三があの巾着を思い出し、どうしても気になるというので調べてみたところ、お雅の持ちものだとわかった。

巾着から事が露見するのを恐れた千太郎が、卯野をも消してしまおうと目論《もくろ》んだのではないか。千太郎の調べが進めばすべてが知れるだろうと、虎之介は言った。

千太郎は、奥の板の間で鎖につながれている。壁に背をもたれて座り、俯いたまま顔を上げず、どんな表情をしているのかわからない。卯野は、そちらを見ないようにしていた。

「あたしのせいで……」

お雅が、ふいに呟きをもらした。

皆が振り向くと、お雅の目から大きな涙がころがり落ちる。

「ごめんなさい、あたしのせいでなんの関係もないお卯野さんたちを酷《ひど》い目にあわせてしまった」

口をきくのはまだ大儀なようで、不明瞭なゆっくりとした言葉だった。

「妹に、お卯野さんの話をしなければよかった」

思えば、お初が志織に卯野の評判を話し、志織が卯野に髪結いを頼んだところからすべてが始まっていたのだ。

「いいえ、ならば私が、お卯野さんにお母さまの髪結いをお願いしなければよかっただけのことなのです」

志織も、泣き声混じりに訴えた。お雅は、ぽろぽろと涙をこぼし続ける。

しかし、ただの髪結いが、まさかこんな事件につながるなどとは思いもよらない事態である。誰が悪いという話ではない。

卯野はお雅ににじり寄り、そっと手を取った。

「私が巻き込まれたからこそ、お雅さまは助かったのではありませんか」

「その通りだな」

虎之介が微笑んだ。

卯野の髪結いがあり、志織の家出があったからこそ虎之介も関わることとなり、お雅のゆくえの捜索が虎之介のもとに持ち込まれ——と、すべてがつながっている。

「なんにしても、お雅、おまえにはまだ運があったってことだ」

「でも、芳五郎は——」

殺された恋人の名を口にし、お雅は、苦しみを紛らすためなのか卯野の手を強く握りしめる。

「千太郎さんに囚《とら》われて、このままあたしも殺してくれないものかと思った。でも、そうしてはくれなかった。死ぬより辛《つら》い目にあわされて――それなら死んだほうがどれほど幸せなことかと思った。でもね、お卯野さん、あなたたちが来てくれた」

涙でいっぱいの目を上げ、お雅は卯野に笑いかける。

「毎日、気持ちや体が衰えていくのと一緒に、髪も死んでいくように感じていたの。洗ってはいたのよ。千太郎さんがあたしの髪を洗うの。気持ちが悪くて吐きそうだった。そのたびに艶がなくなって、たくさんの髪が抜け落ちて。でも、お卯野さんが来てくれた。そして、あたしの髪を元気にしてくれた。元気になったって言ってくれたでしょう。あのとき、まだあたしは生きているって思ったの」

だから勇気を出せたのだ――と、お雅は言った。

千太郎は、お雅の気はすっかり萎えていると信じている。卯野を襲ったときもお雅がそこにいることを気にかけもしなかった。その隙をついて卯野を助ければ何かが変わるのではないか。そして、お雅は勇気を振り絞り、動いた。

「あなたのおかげ」

「私のほうこそ、お雅さまに助けていただきました。ありがとうございました」

礼を言いながら、胸がいっぱいになり、卯野も知らずに泣いていた。

そのとき、志織が大きな声を上げた。

「お母さま」

振り向いて戸口を見ると、松江がそこに立っている。いや、立ったかと思うと蹴散らすように草履を脱ぎ捨て框に上がり、走り込んできた。

志織の前に腰を落とすと、無言のまましばらく娘を見つめている。やがて大きく息をつき、ゆっくりと両腕を伸ばすと、志織をしっかり抱え込んだ。

「ああ……」

と唸るのが精一杯のようだ。ふだんの松江からは想像もつかないふるまいに、卯野も虎之介も、そして誰より志織が驚く中、母は娘を、大事に大事に抱きしめ続けていたのだった。


やがて八重も駆けつけて来、二組の母娘は自身番を後にした。

千太郎は奉行所にある仮牢《かりろう》へ移され、そこで詳しく取り調べられた。

村田屋の寮で芳五郎を殺し、お雅を連れ去った千太郎は、ふだんは使われていない藤屋の離れにお雅を隠していた。ところが卯野が髪結いに呼ばれたあの夜、離れを松江母娘に貸し出さねばならなくなり慌てた。とはいえほんのしばらくの間だけのことだったため、母屋の納戸《なんど》にお雅を移して事なきを得たのだという。

しかし、そちらへ移される隙をみて、お雅はあの巾着をわざと落としていた。誰かが気づいてくれるのを期待したのだ。運よく卯野が見つけ、しかも翌朝、自分が拾ったと千太郎に告げてしまったものだからまた千太郎は大慌て。ならば卯野をも消してしまおうと企《たくら》んだところが志織までやって来て、それなら志織も——というのが事の次第である。

卯野に仕事を頼みにきた使いは千太郎が金で雇った女で、何も知らずに言われたように動いただけだった。ついでに丸屋もなんの関わりもなく、知らぬ間に利用されていたと後で知り、驚いていたという。

千太郎が卯野と志織に飲ませた吉草という草の根から作られたあの茶は、それだけでは特に問題のないものだという。ところが、卯野が飲み残したものを調べてみると、わずかに酒が混ぜられていた。酒が多ければ気づかれてしまうのを吉草の臭いで隠し、薬草の効果で気持ちをほぐして酒がよく効くようにもし、眠り込んだところを襲い、殺してしまうつもりだったと千太郎は自白した。

お雅も、吉草で作った茶を飲まされていた。逃げる気をなくさせるためだ。しかもそちらには、わずかながらもチョウセンアサガオを混ぜていた。痛みを散らす薬になるものだが毒性も強く、幻を見たりふるえが来たりという症状が出る。わずかだったのが幸いしたのか、お雅はそこまで至らずに済んでいたようだが、あのまま飲まされ続けていたら大変なことになっていたに違いない。

それらの話を、卯野は虎之介から聞いた。

「ひとり殺した時点で、千太郎はすっかり壊れてしまっていたんだろうが、そのあと、何人を手にかけても同じというところまでいってしまったのだろうな。そこまでお雅にのめり込んでいたのか、手に入りそうにないから焦がれただけだったのか」

妙にしみじみと言うので、卯野は訊ねてみた。

「恋ってそういうものですか」

「俺は知らん」

とぼけた調子の答えだが、嘘ではないかと卯野は思った。

お雅のその後は、お初から聞いた。両親と共に、今回のことへの詫《わ》びと礼を伝えるため、卯野の住まいまでやって来たのだ。

「お姉ちゃんは、まだ床から離れられずにいます」

うつらうつらと日がな、眠っているような状態らしい。しかし、少しずつ食べられるようにはなってきており、体はそのうち回復するだろうと医者は言っているそうだ。心が癒される日も早くやって来ますようにと、卯野は願った。

千太郎がどんな罰を受けることになるのかはまだ決まっていないが、真相が知れれば、卯野にとってはひとまずの落着である。

そのころになり、卯野は再び、志織から髪結いの仕事をもらった。

六

今回は、番町《ばんちょう》にある岡村家の屋敷に呼ばれた。志織は、あの日あのまま、松江と共に屋敷に戻っていた。

仕事には、虎之介がついて来た。

「志織は昔も拐かしに巻き込まれたし、どうも、妙な事件を引き寄せるようなところがあるんじゃないか」

また卯野まで巻き込まれたら大変だからついて行く——などと言うのだが、実際は、松江母娘のその後が気になるだけだろう。

なんにしても、虎之介と出かけるのは卯野にとって楽しい時間だ。

岡村家では、志織と松江がみずから出迎え歓迎してくれた。鏡台の置かれた奥の間に通されると、その前に座るのは、なんと松江なのである。

「志織の髪結いじゃなかったのか」

虎之介が驚きの声を上げる。志織は、虎之介、そして卯野へと自慢げな笑顔を向けた。

「お卯野さん、お母さまをきれいにして差し上げてね」

松江も卯野に「お願いします」と頭を下げる。あとは普段通りの物堅い武家の女そのままの様子で、ぴんと背を伸ばし、髪結いが始まるのを待っている。

男のいる場ではないからと、その後、虎之介はどこかへ姿を消した。

卯野はまず、松江の髪を解いた。朝、洗ったものをわざわざまた結ったようだ。まだ少し湿り気のあるところへ、両手に少しだけ取った椿油をすり込んでゆく。

「やわらかいけれど芯のある髪ですね」

「はい」

生真面目に答える中に、卯野は緊張を読み取った。

「誰かに髪をまかせるのは、初めてですか」

「娘のころ以来ですね。ずっと自分で結って、それを当たり前と思ってきましたから、こうしているとなんだかとても頼りない心地がします」

小さな頃は母が結ってくれた、そののちは姉妹と結い合いっこをしながら髪結いを覚えた――緊張を紛らすためなのか、懐かしげに松江は語った。

さて、どのように結おうか――髪を梳きながら、卯野は考えた。

今、こうしてこの髪をまかされているということは、志織が松江の説得に成功したということである。それはつまり〝恋を叶える髪結い〟としての卯野の腕が買われているということでもある。

卯野が髪を結ったからといって、松江が急に夫への愛情をあらわにし始めるようなことはないだろう。しかし、これをきっかけに、夫の過去を振り切り自信と愛情をもって夫に対する勇気を持ってもらえたらいい。

丸髷を、京風に、品よく結ってみようと決めた。あとは飾りだが、派手にしたり、みるからに印象的にしたりする必要はないだろう。何かひとつ、松江にとても似合うものを添えるだけでいいのではないか。

「何か、お気に入りの飾りなどはおありですか」

訊ねてみると、松江はそっと、櫛をひとつ取り出した。梅模様の彫りの入った柘植櫛《つげぐし》で、五輪の梅のうち一輪だけに、ほんのりとした紅色が刷《は》いてある。

「まあ、きれい」

「こちらに嫁入りしたとき、旦那さまからいただきました」

ちいさな声で、松江は言った。それだけなのだが、夫からもらったものだからこそお気に入りで、とても大事にしているのだという気持ちは充分に伝わってきた。

「では、これを飾りましょうね」

卯野は微笑む。そっと志織に目を向けると、志織もこちらを盗み見、幸せそうな笑みを浮かべている。

松江の気持ちもほぐれてきたようで、その後は、ぽつりぽつりと雑談をしながら髪を結い上げた。

「いかがでしょう」

いつものように手鏡を渡しながら問う。

「お母さま、きれい」

志織が歓声を上げた。松江は娘を振り向いて、嬉しげに微笑んでみせる。

卯野がここに呼ばれるまでに、母娘の間でどんな会話が交わされたのかはわからない。しかし松江が、母を想う志織の気持ちを受け入れ、夫を想う自分の気持ちをも前向きに受け入れるようになったのだろうことは、ふたりのこの温かなやりとりだけで卯野にもよくわかった。

いや、もしかしたら、ふたりの間に特別な会話などなかったのかもしれない。あの日、自身番に迎えに来た松江が志織を力強く抱きしめたこと、それだけで志織には充分だったのではないか。ふだんは見えない母の愛情が、しっかりと娘に伝わったのに違いない。

ともあれ、母娘の間にあった奇妙な壁というか、隔たりというようなものは、今ではすっかり消えている。

「お卯野さん、私の髪もまた結ってくださいね。もちろん、お母さまの髪も、ですよ」

志織のお願いに、松江も笑顔で頷いた。

卯野の仕事が終わるのに合わせたように戻ってきた虎之介と共に、岡村の屋敷を出た。

「松江さまの旦那さまにお会い出来なかったのが残念です」

岡村平四郎は、昨日から〝寝番《ねばん》〟と呼ばれる城中に泊まりの勤務についているのだそうで、まだ戻っていなかった。

若いころに情熱的な恋をし、今は松江からあれほど想われている平四郎という男に、卯野は会ってみたかった。

「きっと素敵な方なのでしょうねえ」

うっとりと言う卯野に、なぜか虎之介は答えない。

黙々と歩く虎之介は、やがて卯野がいることを忘れてしまったのか、歩幅を合わせてくれなくなった。

「待ってください、虎之介さま」

置いていかれそうになり、卯野は慌てて小走りになる。

そこでやっと気づいてくれて、虎之介は立ち止まった。

「どうかなさいましたか」

卯野が追いつき訊ねると、また歩き出したのだが、それにも答えてくれなかった。仕方なく、卯野はおとなしくついて行く。

やがて、唐突に虎之介は口を開いた。

「思うんだが――」

卯野は虎之介を見上げた。前を睨《にら》んだまま、虎之介は続けた。

「卯野には話してもいいのではないかな」

「何をですか」

「志織の実の母親のことだ」

ちらり、虎之介は卯野を見下ろした。聞いてもいい話なのかどうか卯野にはわからなかったので、首を少しかしげることで戸惑いを伝えた。虎之助のほうにもまだ迷いがあるようだったが、それを振りきるかのように乱暴に言う。

「志織を産んだのは、お蔦なんだ」

そののち、卯野の反応を待つように立ち止まり、目をのぞき込んでくる。

卯野も立ち止まった。しかし言葉は何も返せなかった。呆けたように虎之介を見返すだけだ。

日本橋川にかかる一石橋《いちこくばし》の上だった。立ち止まったままのふたりはすっかり邪魔になっており、前を見ずに走ってきた子どもが卯野にぶつかりそうになったのを、虎之介が抱き寄せて守ってくれた。それに対する礼は口に出来たのだが、お蔦のことに関しては結局、何も言えないまま住まいに着いてしまった。

「驚かせて悪かった」

腰高障子を開けながら、虎之介はぼそっと言った。その後、八重に挨拶だけをすると帰っていった。

お蔦がやっと姿を見せたのは、それからまた二、三日が経ってからのこと。井戸で水汲みの列に並んでいると、あくびをしながら現れたのだ。底冷えのする朝であった。

「お友だちに誘われて、江ノ島までちょっとね」

そんな言い訳をしているが、旅について詳しく語りはしない。卯野に仕事を代わってもらったことで何が起きたかは聞いたといい、しきりに謝ってはくれたのだが、それが実の娘の髪結いであったことなどおくびにも出さない。

虎之介が卯野に、志織との関係を話したことについては、知っているのかいないのかうかがい知れなかった。

なんにしても、お蔦は知らん顔を続けるはずだ。志織と関わる気などまったくないからこそ、松江の依頼を断り続け、最後は卯野に代わりを頼んできたのに違いない。

一方、松江は志織とお蔦を会わせる意図を持っていたのではないかと、卯野は見ている。だからこそ、あの夜の髪結いを『お蔦さんならば良い』と言って志織に許したのではないだろうか。志織が髪結いを頼みたいと言い出したのを良い機会と捉え、お蔦に志織の顔を見せてやろうとしたのではないか――これも卯野の推測である。

虎之介は、あののちこの話を口にしない。だとしたら卯野も、忘れた顔をしていればいいのだろう。

「おかげさまで、お客さまが増えたんですよ」

お初が卯野に髪結いを頼むようになったのだ。

「それはよかった」

お蔦は屈託なく笑い、旅の途中で求めてきた櫛を見せてあげるから後でおいでと、自分の住まいに卯野を誘った。

「今日も冷たいねえ。見てよ、手が動きゃしない」

肩をすくめながらやって来たおせきが話に加わり、騒々しい長屋の一日が始まった。

三　花は咲けども

一

「恋を叶《かな》える髪結いさんのお宅は、こちらですか」

ひどく冷えた秋の日、卯野の住まいにやって来た女は、そう言っていたずらっぽく微笑《ほほえ》んだ。

朝餉《あさげ》の片づけをしていたとき、腰高障子《こしだかしょうじ》を叩《たた》く音がひそやかに鳴ったのだ。卯野が戸を開けてみると、その女が立っていた。

歳《とし》のころは四十半ば——いやそれより少し上だろうか。痩せて薄い体をしているが、明るく楽しげに輝く目が印象的な、感じのいい女だ。

「髪結いの卯野は私ですけれど」

「ああよかった。無事に辿《たど》り着けてよかったわね」

大袈裟《おおげさ》に胸を撫《な》で下ろしてみせたあと、ふいに女は咳《せ》き込んだ。から咳《せき》のような、乾いた音が辺りに響く。

「ごめんなさいね」

と息を整え、女は背後を振り向いた。

すると、そこに隠れていた少女がひょっこりと顔を出す。

「まあ、お小夜ちゃん」

神田佐久間町にある小間物屋、白屋の末娘で、まだ七つの愛らしい女の子だ。

「この辺りは久しぶりなものだから、迷うかと思ったけれども迷わずに辿り着けてよかったわ」

「あたしが一緒に来たんだから心配はいらないのに」

お小夜が口を尖《とが》らせた。

お利喜《りき》、と女は名乗った。王子村《おうじむら》から来たのだという。花見で人気の飛鳥山《あすかやま》があり、王子稲荷《いなり》の参拝でもにぎわう、行楽の地である。この辺りからなら、日帰りでたっぷりと楽しむことが出来る。

自分もこちらを訪ねるのは初めてであるのに、自信満々な様子が微笑ましい。

王子村の料理屋に生まれたが、

「娘のころ、しばらくの間でしたが、千駄木《せんだぎ》の親類の家に厄介になっていたことがありましてね」

当時の知り合いを訪ねて、久々に王子村を出てきたのだという。

その知り合いというのが、白屋のお内儀《かみ》であった。白屋の可愛《かわい》らしい三姉妹は、卯野の大事なご贔屓《ひいき》である。

「お内儀さんからお卯野さんのことを教えてもらいましたの。とても腕のいい髪結いさんで、今、結ってもらうと恋が叶うといって江戸の娘さんたちに評判なのだとか」

「どんな恋も叶うほどきれいにして差し上げられるよう、心を込めて結わせていただいております」

卯野は、よどみなく答えた。近ごろでは、恋を叶える髪結いと呼ばれるのにも少し慣れ、戸惑わずに受け答えが出来るようになってきた。

「私の髪も、結っていただけるでしょうか」

お利喜は髪結いを頼みに来たのである。もちろん、二つ返事で引き受けた。

「髪を結って、私の恋も叶えてほしいの」

「恋……ですか」

「こんなお婆《ばあ》さんが恋だなんて、おかしいでしょ」

お利喜は、いかにも楽しそうに笑った。

「いえ、そんな」

卯野は大きく首を振る。恋をするのに年齢は関係ないと理解はしているのだが、やはり何か不思議な感じがする。恋といえば、若くてまだ未熟な者が落ちるもの、そう思い描いてしまうのだ。

この歳まで生きた女の、恋とはどんなものだろう。夫への微笑ましい想《おも》いだろうか。しかし、それならすでに叶ったものであるはずだ。叶えてほしい、と願うのは奇妙である。

興味を惹《ひ》かれ、少しでも手助けが出来ればいいのだが、と卯野は思った。

その日は仕事が入っていなかったので、では今すぐにということになった。道具を抱え、さて出かけようというときに、開けたままの戸口から花絵が顔をのぞかせた。

「あら、お客さま」

花絵は、お利喜に目を留め呟《つぶや》いた。

「十軒店《じっけんだな》までご一緒しましょって誘いに来たのだけれど、お出かけのようね」

「ごめんなさい、仕事なの」

「それじゃ仕方ないわねえ」

「花絵さん、十軒店へはおつかいですか」

「人形屋さんへ行くのよ。注文してある犬の張子を取りに行くの」

先ごろ、花絵の奉公先である武井家の奥方、美津《みつ》の姪《めい》が男の子を出産し、その祝いのための張子である。

「お卯野さんを誘って、ついでに甘いものでも食べてこようと思ったのに――」

言いかけて、花絵は、自分を見上げる小さな女の子がいるのに気がついた。お小夜である。

気づいてもらえたのが嬉《うれ》しいのか、お小夜はにっこりと笑ってみせた。

「白屋の末っ子の、お小夜ちゃんよ。花絵さん、会うのは初めてでしょう」

「白屋の子……」

呟き、花絵はじっとお小夜を見つめた。

「あたし、髪結いのお客さんを連れてきたの」

お小夜は元気に説明した。

「白屋のお内儀さんのお知り合いですって。お利喜さん」

卯野が紹介すると、花絵は目を上げ、お利喜に会釈した。

「花絵です」

「私の仲よし」

卯野が言葉を添えると、花絵の口許《くちもと》が嬉しげに緩んだ。

「お邪魔してはいけないわね。仕方ない、ひとりで行くわ」

「途中まで一緒しましょうよ」

十軒店町を通って、神田へ向かえばいい。

四人、連れ立って長屋を出た。

まずは日本橋川に架かる一石橋を渡る。そのまま真っすぐ行ったあと、本町《ほんちょう》から十軒店町へ入った。

道々、花絵はお利喜に興味を示し、あれこれと訊《たず》ねていた。

「白屋のお内儀とは、どこで知り合ったんですか」

「千駄木の親類に厄介になっていたころの、ご近所なんです」

「千駄木ですか」

「お喜美《きみ》さん――、白屋のお内儀さんの在所ですよ」

「千駄木のひとですか――」

「いえ、私は王子村で」

お利喜が正しても、花絵は気に留めずに続けた。

「白屋のお内儀とは随分、お歳が離れているように見えますけど」

ずけずけとした物言いだが、お利喜に、気を悪くしたふうはない。

「そうね、お喜美さんのほうが十以上――いえもっと、二十近くも下になりますね。実は娘と同い年。でも気が合うんですよ」

「おっ母《か》さんは三十とふたつだよ」

そう言いながら、お小夜が花絵の手に自分の手をすべり込ませた。

花絵はかなり驚いたようで、立ち止まってお小夜を見下ろした。お小夜は、ただ、にこにこと笑っている。

卯野とお利喜も立ち止まり、様子を見守った。

「三十二歳ということね」

花絵が問い、お小夜は元気に頷《うなず》く。ふたりはそのまま、また歩き出す。

花絵は口を閉じ、あとはお小夜が、あちらへこちらへと指をさしては、舌足らずの声で可愛らしいおしゃべりを続けていた。

その間、花絵はやさしくお小夜の手を握ってやっていた。わがまま娘の花絵だが、小さい子にはきちんと気づかいが出来るのだなと、友だちとして、卯野は嬉しく誇らしかった。

十軒店町の人形屋の前で、花絵と別れた。

十軒店町を抜けると、あとは適当に道を折れながら神田川の、和泉橋《いずみばし》をめざす。橋を渡れば、白屋はすぐだ。

いつものように裏口へまわっていくと、お内儀が外に出て待っていた。お小夜がきちんと案内を出来たかどうか、心配していたのだろう。こちらの姿を見るや、ほっと肩から力を抜いている。

「おっ母さん、ただいま」

お小夜が駆け出し、母親の腰に抱きついた。

「こんにちは、お卯野さん。急にお願いして申し訳ありませんね」

娘をやわらかく抱きしめながら、お内儀は微笑んだ。

「いいえ、呼んでくださってありがとうございます」

そういえば卯野は、白屋の内儀の名前が〝お喜美〟であることを今まで知らなかった。大人は誰もが〝白屋のお内儀さん〟と呼ぶし、子どもたちは〝おっ母さん〟であるからだ。

だからといって、すぐに〝お喜美さん〟と馴《な》れ馴《な》れしく呼びかけるのにはためらいがある。しかし、名前を知ると、今までより近しくなれたような気がしてきて嬉しい。

「どうぞ、入ってくださいな」

促され、卯野は勝手口になっているそこから家に上がった。

いつも仕事をさせてもらう居間に、髪結いの支度がされていた。

長火鉢の五徳の上で、鉄瓶がちりちりと鳴っている。おかげで部屋は、ほんのりと暖かい。

卯野は手早く道具を整え、襷掛《たすきが》けをし、お利喜の髪に向かった。

ふだん、若い娘の髪を結うことが多いので、お利喜のような年齢の女の髪を結うのは新鮮だ。白髪は少し混じる程度で、それも白というより銀に近い色で、梳《くしけず》ると卯野の手の中できらきらと光るのがきれい。少し乾き気味で細めなのが気になるが、触れているると幸せな気持ちになれる髪だった。

「お卯野さんは、武家の出でいらっしゃるのですってね」

白屋の内儀——お喜美から聞いたという。

「なんでまた、武家のお嬢さんが髪結いなど……」

我が身に起きたあれこれを、隠すことなく卯野は語った。

不審な火事が続いていたあの頃のことを覚えていると、お利喜は言った。王子村にも噂《うわさ》は伝わっており、遠い話と思いつつも気楽にはなれず、皆、火にはぴりぴりしていたのだそうだ。

「確か、つけ火の犯人はお武家の若さまでしたね」

「はい。八丁堀の、飯島《いいじま》家の吉之丞《きちのじょう》さま」

久しぶりにその名を口にする卯野の声は、自分でも驚くほど乾いて、感情のないものだった。

それに気づいたのだろう、お利喜は、鏡の中で眉をひそめた。

「その若さまを、憎んでいらっしゃるの」

訊ねられ、卯野は戸惑う。

あの頃のこと、あの事件のこと、兄・周太郎のこと、それらについて、今はまだなるべく思い出さないようにしている。あれこれ考えても答えは出ず、気持ちが滅入《めい》るばかりだからだ。

たとえば、吉之丞を憎んでいるかどうか。

すべては吉之丞のせいであるし、その母・駒《こま》のせいでもある。

しかし、彼らはあまりに哀れな人々であったとも思う。単純に憎むことが出来たなら、きっと楽になるのだろう。

ところが、ついつい周太郎が死に至るまでの日々を様々な立場から見てしまい、単純に、とはいかなくなる。

実際、すべてを失《な》くして江戸を去った飯島夫妻は今ごろ、卯野よりつらい思いの中を生きているのではないだろうか。

結局、最後に残るのは、

『火事は嫌い』

という一言だけだ。そう語る卯野の言葉を、お利喜は神妙に聞いていた。

「お卯野さんは、お強いのね」

「どこがでしょう」

　卯野は驚き、目を見張る。

　もっと強い気持ちをもって吉之丞の罪を憎めばいいのに、それが出来ないのは自分の弱さなのではないかと卯野は思っているのだ。

「人を憎むほうが楽なんですよ。すべてを誰かのせいにして、自分を憐《あわ》れんでいればいいのだもの。弱い人は楽なほうに逃げてしまう。その若さまを憎んで憎んで、自分をどうしようもないところまで追い込んで——。でも、そんな毎日はちっとも楽しくないでしょう」

　そんな毎日、を思い描いてみた。

　今もまだ、吉之丞を恨み、駒を憎み、八重と愚痴を言い合うばかりの日々——確かに、ちっとも楽しくない。

「憎むという感情から自分を解き放つのには、随分と強い気持ちが要ります。お卯野さんはきっと、その強さを持っていらっしゃるのだと思いますよ」

　褒められて、卯野は照れた。

「でも私の場合は、ただただ毎日を暮らしてゆくのに手いっぱいで、人を憎む暇もなかったというだけなのかもしれません」

「あら、それならそれでとても幸せね。人を憎むのも恨むのも、本当に嫌なことだから。そんな自分のほうこそを、いつの間にか憎んだり恨んだりするようになるのよ」

お利喜にも、何か思い当たる過去があるのだろう。

「私が強くいられるのは、周りの皆さまのおかげもあると思います」

卯野は微笑んだ。

「八丁堀を出て以来、私たち母娘によくしてくださる方がたくさんいらっしゃいました。白屋の皆さまもそうですし。友だちにも、髪結いの師匠にも恵まれました」

そう言いつつ、ふと浮かんだのは虎之介の顔なのだが、その存在を、特に口にはしなかった。

「髪を結う楽しさにも、随分と助けられていると思います」

と、卯野は続けた。

「私、昔からきれいなものが大好きで、髪を結うのが大好きで。髪結いのことを考えたり、きれいな髪を見たりしているだけで元気が出る」

その大好きな髪結いを生業《なりわい》とし、女髪結いとして生きていけるように――そのことだけを考えていれば自然に、前を向き歩き続けていられる。

「大好きなものがあるというのは、本当に幸せなことだと思います」

「〝恋を叶えるむすめ髪結い〟……」

お利喜が呟く。

「髪を結うだけで誰かの恋を叶えることが出来るなんて、さすがに思いませんけどね、お卯野さんのその、前向きでひたむきな気持ちが、皆に勇気をくれるのではないかしらね。きれいになって自信を持って、恋を叶える勇気を持つ——お卯野さんの髪結いは、その手助けになっているのでしょうね」

まさに、そうであってほしいというのが卯野の願いだ。

「そして、こんなお婆さんの私にも叶えたい恋がある。だから、お卯野さんに手助けをしてもらいたい」

お利喜は、いたずらっぽく微笑んだ。

「お婆さんだなんて……」

「そうね、自分で言ってちゃいけないわね」

「叶えたいのはどんな恋なのか、うかがってもよろしいですか」

卯野は問うたが、お利喜は笑うだけだった。卯野も、さらに訊ねはしない。

客が黙っているのなら、無神経に立ち入るようなことはすまいと決めている。それは、師匠であるお蔦から教えられた心得のひとつであった。

やがて髪を結い終わり、

「いかがでしょう」

と、卯野は手鏡を渡した。お利喜は念入りに出来を確かめ、大きく頷く。

「きれいにしてくださって、ありがとう。私の恋も、きっと叶うわ」


いい仕事が出来たとすっかり満足し、卯野は帰り道を辿った。

にぎやかだった行きの道中と違い、ひとりぼっちだが、誰にも煩わされずに室町《むろまち》の人ごみをのんびりと抜けてゆくのも、いいものだ。

八重に何か土産でも買っていこうか、煎餅屋《せんべいや》の噂を聞いたことがあるのだがこの辺りだったろうかと見回したときだ。越後屋《えちごや》の店先に置かれた天水桶《てんすいおけ》の陰にうずくまる男と、それを見守る女の姿が目に留まった。

女は後ろ姿だが、文庫結びにした緋縮緬《ひぢりめん》のあの帯には見覚えがある。

「花絵さん」

卯野が呼びかけると、女が振り向いた。やはり花絵だ。

とっくに武井家に戻っているはずなのに、こんなところで、いったい何をしているのだろう。

「お卯野さん――、よかった」

花絵は、大袈裟なほどに安堵《あんど》してみせた。それから大きく手を振って、卯野を手招きする。

花絵は、人形屋から引き取ってきた犬の張子が包まれていると思われる風呂敷を胸に抱えていた。ということは、先ほど別れたあのまま、この辺りをうろついていたのに違いない。

「どうしたの、まだこんなところにいるなんて」

走り寄りながら、卯野は訊ねた。

「あたし、困ってるのよ」

花絵は、うずくまる男を目で示した。

「この人、具合が悪いみたいなの」

ちょうど花絵とすれ違いざま、がくりと膝を折って倒れそうになったため、行きがかり上、手を出して支えたという。

そしてそのまま、通り過ぎる人の邪魔になるからと手を貸し、ここまで連れて来たのだった。

「急に胸が痛みだしたみたい」

男は左手を天水桶の端にかけて体を支え、右手で胸を押さえている。どちらの手も握り固められているのは、そこに力を入れることで痛みを堪《こら》え、気を紛らわせているのだろう。

「放っていくわけにもいかないし、でも、あたしももう帰らなくちゃ」

どうしたものかと途方に暮れていたところへ、頃あいよく卯野が通りかかったというわけだ。

「知らない人なのよねえ」

「もちろんよ」

卯野は、男の横顔をのぞき込んだ。

苦痛に歪《ゆが》み、脂汗の浮かんだその顔は、若い男のものではない。上等な絹で織られた藍《あい》の小袖に茶の羽織という身なりや、髷《まげ》から察するに、おそらく、そこそこ大きな商いを手掛ける店の主《あるじ》であろう。だとしたら奉公人を従えているはずなのだが、男はひとりだったという。

「だから置いていけなくて」

卯野が偶然、通りがかり、花絵はほっとしたようだが、なんとかしてくれという期待をかけられ、今度は卯野のほうが途方に暮れてしまった。

通り過ぎてゆく人々の中には、こちらを気にしてゆく者も多いのだが、娘ふたりを男の身内と見ているようで、誰もがそのまま行ってしまう。

「とにかく、どこか落ち着ける場所で休ませて、出来たらお医者さまに診《み》ていただいて……」

「武井のお屋敷に連れて行きましょう」

結局、花絵がそう言いだして、それしかないと卯野も頷く。

駕籠《かご》を探して男を乗せ、八丁堀まで急いでもらった。

駕籠かきの手を借り、男を屋敷に運び込むと、騒ぎを聞きつけたお留がすぐに走ってきた。

「花絵さん、こんな遅くまでいったいどこで何を――」

怒鳴り始めた小言が、消えてゆく。

「病気の人を拾ったの」

「室町の通りで倒れたところに、花絵さんが行き会ったんです」

「そこへお卯野さんもやって来て」

息を切らせたふたりが、しどろもどろに説明する中、お留は男をのぞき込んだ。

胸の苦しみは、ここに来るまでにおさまったようだが、ぐったりとして顔色も悪く、口をきく力はないようだ。

「おやまあ」

お留が目を丸くした。

「大津屋《おおつや》の旦那さまじゃありませんか」

二

すぐに医者が呼ばれ、武井家はちょっとした騒ぎに包まれた。

「なんだなんだ、花絵が厄介ごとをしょい込んできたって」

奥の自室にいた虎之介が顔を出し、兄を相手に論語の素読《そどく》をおさらいしていた新太郎もやって来た。

床に横たわる病人を見ると、仲のよい兄弟は同時におとなしく黙り込む。

医者は、脈をとり、胸を開いて腹までを触ったあと、病人本人と花絵にあれこれと質問をした。

苦しんでいたのはどれほどの間か、吐き気はあるか、今までにもこのようなことはあったのか……等々。

「ここのところ何度か、胸の痛むことはありましたが、このように長く続いたのは初めてでございます」

か細い声で男――大津屋の主人であるらしい病人が答え、花絵が続いた。

「あたしとすれ違ったときにはもう苦しんでいて、お卯野さんが来て駕籠に乗せたあともおさまらなくて。だから、随分と長い間、痛みは続いていたのだと思います」

「こちらに着く少し前に、やっと楽になり始めました」

大津屋の主人が言い添えた。

「なるほど」

医者は神妙に唸《うな》った。

「大津屋のご主人とおっしゃいましたな」

「はい。八丁堀で、傘を商っております」

八丁堀には、町奉行所の役人たちの組屋敷など武家の住まいがあるだけでなく、商家や町人たちの住まいも多い。大津屋もそのひとつで、伊雑大神宮《いそべだいじんぐう》の門前にあった。

「掛かりつけの医者はおりますか」

大津屋の主人が答えた名に頷き、よく知る医者であるから今日の見立てを伝えましょう、と請け負った。

「ちと、お疲れ気味のようでもありますな」

医者は、血の気《け》がまったくない大津屋の主人の顔をのぞき込み、腕を取り、ふたたび脈をみた。

「息子の婚礼が近いものですから。あれこれと忙しくしておりまして。体の調子を崩したのもそのせいかもしれません」

「無理はせず、誰かにまかせられることはまかせて、少々のんびりされるのがよろしいですよ」

そう言い置き、医者は帰った。

しばらくすると、大津屋から店の者が主人を迎えにやって来た。武井家からの使いの者から話を聞き、大慌てで駆けつけてきた手代である。

「一晩、こちらに泊まって落ち着いてから戻られたほうが良いのではないかな」

虎之介が言うのに「家のほうが落ち着きますから」と首を振り、

「改めてまた、お礼に参ります」

大津屋の主人は、ふたたび駕籠に揺られ、帰って行った。

「ああ驚いた」

皆で見送り、奥に戻ると、お留が大袈裟に息をつく。

「花絵さんがまた何をしでかしたのかと思ったら」

「お留さんは、大津屋さんをご存知なのですか」

卯野の問いに、お留はにっこりと頷く。

こちらが勝手に顔を見知っているだけで、知り合いではありませんが——と、まずは言い置き、

「唐傘《からかさ》を商うお店で、随分と繁盛しておりますよ。あのご主人は伊助《いすけ》さんといって、元は奉公人だったのが跡取り娘さんの婿養子になった方だそうです。いつお店をのぞいて

も、愛想よくお客の相手をなさっているのを見かけます。まめまめしくよく働く、感じのいい方ですよ」

その伊助が急に現れて、しかも病に苦しんでいるのだから本当に驚いた――お留は、また大きく息をついた。

「確か、お内儀さんは一昨年《おととし》、亡くなられているはず。娘さんもいらっしゃいますが、もうお嫁に出ているし。おひとりで、息子さんの婚礼のあれこれを準備してらっしゃるのでしょうかね」

「男親ひとりで婚礼の支度を仕切るのは無理だろう。俺だったら、何をしたらいいものやら、さっぱりわからん。疲れも出るはずだな」

虎之介が顔をしかめた。

「とにかく――」

花絵が殊勝に頭を下げた。

「騒がせてしまって、ごめんなさい」

するとお留が、あら珍しい、と笑った。

「きっと、すぐに雨が降り出しますよ」

花絵がふくれ、皆も笑い出したところへ千鶴がふらりと現れた。

「どうしたの。何か面白いことでもあったの」

「随分と騒がしくしていたのに、おまえ、気づかなかったのか」

虎之介が、呆《あき》れ顔で妹を見た。

「お父さまのために『卵百珍』を読み直していたの。面白い料理があったのよ」

卵好きの父を喜ばせたいのか、ただ自分の楽しみのためなのか、千鶴は、自室で卵の料理本に夢中になっていたらしい。

延々、卵話が続きそうになったので、卯野は慌てて辞去を申し出た。

すると、

「送って行こう」

虎之介が言い、卯野は嬉しくなった。

「あたしも」

すかさず花絵も声を上げたが、もちろん、お留に引き止められる。

「花絵さんには、仕事がたくさん残ってます。日本橋で遊んできた分、しっかりと働いてもらいますよ」

虎之介と、ふたりきりで話が出来る。

卯野は、もっと嬉しくなった。

「そうか、仕事の帰りだったのか」

武家の屋敷が並ぶ八丁堀の静けさの中を、虎之介と歩いた。

「白屋のお内儀さんが紹介してくださった、新しいお客さまなんです」

お利喜がふいにやって来てからのことを、卯野は熱心に話した。案内役のお小夜がどれほど愛らしかったかだとか、お利喜の白髪がきれいで見とれたことだとか、あまりに細かく話すので、虎之介が笑い出したほどだ。

「まあとにかく、いい仕事になったってことなんだな」

「はい」

「一度、卯野の仕事を見てみたいもんだなあ」

「いやです、恥ずかしいもの」

楓川を渡ると、辺りの様子はすっかり変わり、町屋の並ぶ大通りに出る。

卯野は、実は少しほっとしていた。

ついつい細かな話を続けてしまっていたのには、虎之介にたくさんのことを聞いてもらいたいのと、すれ違うひともほとんどない武家地の静けさの中でふたりきりであることの落ち着かなさをごまかしたいのと、ふたつの理由があったのだ。

肩から力が抜けると、武井家を出るときに見送ってくれた花絵の、ふてくされた顔が思い出され、卯野は微笑んだ。

「花絵さん、きちんとお仕事をしているかしら」

「台所に連れて行かれていたな。包丁の使い方は、まあまあましになってきたらしいが、味付けはまだいかん」

「花絵さんは先日、目分量というのを覚えたと威張ってましたよ」

「いやあれは、粗雑と言うんだ」

虎之介は眉をしかめた。

「でも花絵さんも、少しは大人になりましたよ。今日、白屋のお小夜ちゃんに、お姉さんらしくやさしくしてあげてましたもの」

友だちを庇《かば》ってあげようと、その話をしたのだが、

「え、白屋の子に花絵がなんだって」

虎之介は、こちらが慌てるほどに驚き、立ち止まった。

「だから、お姉さんらしく……」

卯野は、しどろもどろに説明した。

「お小夜ちゃんが花絵さんと手をつないだら、そのままにして一緒に歩いてあげていたの。私は、もっと戸惑ったり困ったりするのではないかと思ったんです。でも自然で、やさしくて。虎之介さまが思っているよりずっと、花絵さんは大人ですよ」

やがて、
虎之介を真っすぐ見上げ、卯野が言葉を並べても、しばらく黙ったままだったのだが、

「……そうか」

虎之介は、頷きながら歩き出した。

「花絵のことを、俺は千鶴とおなじようにしか見ていないからな。確かに、見落として
しまうものもあるかもしれん」

「千鶴さまとおなじように――妹のように」

「そういうことだ」

では私は――と訊ねそうになった自分に、卯野は苦笑した。

卯野も、おそらく同じだ。千鶴や花絵と同じ、妹。ちいさな子どものころからずっと
そうだったのだから。

長屋の木戸で、お蔦と鉢合わせした。

「おやまあ、虎之介さまじゃありませんか」

「卯野を送ってきた」

「あたしも今、帰って来たところ」

お蔦は、卯野が抱えた風呂敷包みに目を留めた。

「お卯野さんも仕事だったの」

お蔦も道具箱を提げている。

「はい。白屋のお内儀さんから紹介していただいた方の髪を結わせていただいてきまし

いつものように若い娘の髪ではなく、白髪も混じる年ごろの客であったと報告すると、お蔦は師匠の顔になり、どのように結ってきたのかを訊ねた。

年配の女だが、恋を叶える髪結いとしての仕事でもあったため、地味になり過ぎぬよう髷をわずかに大きめにしたことを話すと、お蔦はふむふむと頷く。

「飾りは」

「鼈甲《べっこう》のひと揃《そろ》いを使いました」

「もっと可愛らしいものを添えてもよかったかもしれないわね」

「でも、それしかなかったんです」

お利喜は白屋に遊びに来ているのである。旅先で、きれいになるための髪結いを頼むことになるなど思いもせずに自宅を出て来たのだから、特別な飾りなど持ってはいなかった。

「お喜美さんがちょうどいいものを持っていた気がするわ。鶯《うぐいす》の付いた銀の簪《かんざし》。小さな鈴がぶら下がっているの。それを借りてもよかったわね」

ふたりの立ち話は長くなり、虎之介が飽きてしまった。

「おい、俺は先に行って八重どのに挨拶をしてくる」

しびれを切らし、大股に歩き出す。

その背を見送り、卯野はお蔦と目を合わせて笑った。

「さ、あたしも家でゆっくりするわ。今日は朝からずっと仕事だったのよ」

売れっ子の髪結いらしい愚痴を残し、お蔦は自宅へ戻っていった。

お蔦とはいまだ、自分の産んだ娘の髪結いを卯野にさせたことについて、なんの話もしていない。

お蔦は、きれいさっぱり過去を切り捨て、すべて忘れてしまったのだろうか。それとも今も、娘への想いを胸の底に隠し持っているのか。

思えば卯野は、お蔦の生まれも何もまだ知らない。いつか、そんな話をしてもらえる日も来るのだろうか。

「おい卯野、いったい、いつまでしゃべってるんだ。おまえが戻らないと、俺は帰れねえだろう」

開いた障子から虎之介が顔を出し、叫んだ。

「ごめんなさい、今……」

答えながら、卯野は風呂敷包みを抱え直した。

三

腰高障子を開けると、白屋の三姉妹が勢ぞろいで立っていた。

「こんにちは」

声を合わせて挨拶をする。

「こんにちは」

面食らいながら、卯野も挨拶を返した。

「お利喜おばさんのお使いで来ました」

長女のお夏が代表して口を開く。

「なんでしょう」

また髪結いの依頼だろうか。あれから三日が経《た》っている。

「千駄木の春島屋さんに、お卯野さんをお招きしたいって」

「千駄木の、春島屋さん……」

その名に覚えはない。料理屋だろうか。

「お利喜おばさんの親類の、植木屋さんです」

「きれいな菊をたくさん育てているので有名なの」

お小夜が姉の横から口を出し、教えてくれた。

「千駄木の植木屋の、春島屋――聞いたことがありますよ」

八重も立ってきて、話に加わった。

植木屋というと樹木を商う店のようだが、それだけでなく草花も育てているところが多い。

春島屋は菊で有名な店で、菊の季節、特に重陽《ちょうよう》の節句のころには花見の客が押し寄せる。菊畑の一角に、池や東屋《あずまや》などのある庭園を仕立て、そこに鉢を並べたり菊人形を飾ったり様々な種類の菊を咲かせた花壇をしつらえたりと細工ものの菊でいっぱいにし、客を楽しませるのである。

春島屋に限らず多くの植木屋にそうした植物園のようなものが作られており、花好き行楽好きの江戸の者たちが喜んで出かけてゆく。

しかし、春島屋では菊の時期にしか催しをしないのだそうで、それが逆に希少な価値があるとして評判を呼んでいるという。

重陽の節句はすでに過ぎているため、今は店も畑も静かであるから、ぜひゆっくりと菊を堪能《たんのう》してください——それが、お利喜からの言伝《ことづ》てだった。

「よろしければ、奥方さまもご一緒に」

八重も招いてくれるというので、大喜びで受けることにした。

「ご贔屓さんからのご招待なんて初めてだわ」

しかも、きれいな花をたっぷりと見せてもらえるのだ。

「では明日の朝、まずは白屋にいらしてください」

幸いなことに、というのか残念ながらというのか、明日の仕事は入っていない。

お弁当を用意して出かけましょう、とお夏が笑い、お小夜が「わあい」と声を上げた。

次女のお千もいるのだが、おとなしい子で、無邪気な妹の様子にひっそりと微笑んでいるだけだ。

「明日、お待ちしておりますね」

完璧にお使いを果たしたお夏は、妹たちをしたがえて帰って行った。


朝、支度をして外に出ると空気は、きりりと冷えていた。

空は素晴らしく晴れ、一面、真っ青で雲のかけらもない。やがて陽《ひ》が高くなれば少し暖かくもなるだろう。

「おや、お出かけですか」

向かいに住む豆腐売りの女房、おせきもちょうど朝の支度のために出て来たところだった。

「はい、千駄木の春島屋さんへ、菊を見に」

「春島屋の菊見はもう終わったでしょう」

首をかしげるおせきに、髪を結わせてもらった客が春島屋の親類で、その招待なのだと話すと、うらやましげに、

「いってらっしゃい」

と見送ってくれた。

言われたとおりに、まずは白屋まで行く。

すると、大はしゃぎのお小夜が通りに出て待っていた。

お小夜は、卯野の姿を見つけるや、飛び跳ねながら上げた両手を振りまわす。

「本当に可愛らしいこと」

八重が目を細めた。

やがて弁当を抱えたお喜美とお利喜、残りの娘たちもやって来て、八重との間でにぎやかに挨拶が交わされる。

白屋から千駄木までは、歩いて半時もかかるだろうか。ちいさな子どももいることだしと、駕籠を使うことになった。

春島屋は、千駄木の、団子坂《だんござか》をのぼり寺の並ぶ通りを入っていった先である。植木屋の多い辺りだ。

網代戸《あじろど》の門をくぐると、まずは菊見の時期に客を入れる庭園だった。道なりに鉢植えや菊人形を見せるための棚が並んでおり、その先に小さな池や東屋がある。さらに行くと、畑との境になる門が見えてくる。畑の一角に、春島屋の主人たちの住まいがあるそうだ。

「手前が春島屋の主人、彦兵衛《ひこべえ》でございます」

と、出迎えてくれたのはお利喜の従兄弟《いとこ》。春島屋はお利喜の母の実家であった。主人の彦兵衛以下、内儀に息子たちと一家総出の歓迎だ。

「盛りを過ぎてしまったものもございますが……」

恐縮する彦兵衛にひとつひとつ説明してもらいながら、棚に飾られた鉢を見てまわった。

細長い花びらが針のように鋭く咲いた花、鞠《まり》のようにころんと丸く咲いた花、肉厚の花びらがみっしりと重なる花――かたちもそれぞれあって、見飽きない。

卯野は、すっかり夢中になった。

「きれいねえ」

と独《ひと》り言《ご》ち、皆が先へ行ってしまったあとも、白と紅の花びらが一輪の中で渦巻く菊に見入っていたほどだ。透き通った白と紅が入り乱れるさまには、うっとりする。

しかし、お小夜はすぐに飽きてしまい、ふいに池のほうへと走り出す。お夏があわてて後を追った。

それをしおに、そろそろ午《ひる》にしようということになった。

池のほとりの東屋で、弁当を広げる。春島屋で用意してくれたものもあり、午餉は豪華なものになった。

菊の料理もあった。黄色の花をさっと茹《ゆ》で、酸味のある出汁《だし》をかけて山葵《わさび》が添えられている。茹でると花びらの黄があざやかに際立ち、山葵の緑と引き立て合って、目にも旨《うま》い。

「あたし、お花を食べるのは初めて」

ふだんはおとなしいお千が目を丸くして声を上げた。

すると、隣でお小夜が姉を真似《まね》、目を大きく見開いてみせる。それがなんとも愛らしくて、皆が笑う。

大勢でのにぎやかな食事が終わるころになり、卯野はふと、お利喜の姿のないことに気がついた。

卯野は隣のお喜美に断りを入れ、立ち上がった。

お利喜を捜そうというつもりがあったわけではない。食べ過ぎて重くなった体を動かしたかっただけだ。

畑へと続く門まで、のんびりと歩いてみた。初冬の空は濃い青に澄み、陽がやわらかく輝いて、思っていたとおり朝より随分と暖かくなった。

自然木を柱にした門は、戸が開かれたままになっており、卯野は何げなく中をのぞき込んだ。

するとそこに、お利喜の姿があった。

お利喜は、柴垣《しばがき》に沿って並べられた鉢植えの菊を熱心に見ていた。

「お利喜さん」

声をかけると、すぐに振り向く。

「お卯野さん。まあ、どうぞ、入っていらっしゃいな」

手招きを受け、卯野は門をくぐった。

「これは私の菊なのよ。彦兵衛さんにお願いして、育ててもらっているの」

お利喜が指さす鉢植えの菊に、花はない。

「今年は、まだ咲かないのよ」

実はお利喜は、この菊の咲くのを見るために王子村を出てきたのだ。

なのになぜ春島屋ではなく白屋に厄介になっているのかというと、

「咲かないまま、菊見の時期が来てしまって。家中が忙しくしているところでお客さんになっているのは肩身が狭くて」

お利喜は苦笑した。

「困っていたら、お喜美さんが呼んでくださったというわけです」

「お喜美さんの在所はこちら、千駄木だというお話ですよね」

「ええ。お喜美さんのお父《とっ》つぁんは、春島屋に奉公している植木の職人さんでした」

春島屋では、菊を育てるだけでなく、大店《おおだな》や武家の屋敷に出入りして庭の手入れを請け負ってもいる。お喜美の父は、その職人のひとりであった。

「気風《きっぷ》のいい職人さんで、腕がよくて、しかも男前でねえ。憧れのひとだった。子どもの時分に初めて会って、十くらい年上でしたけど、一目惚《ひとめぼ》れ」

こちらに遊びに来たときにはわがままを言い、仕事先へ連れて行ってもらったこともある。

「滅多に会うことはありませんでしたけど、ずっと憧れていて。でもあるとき春島屋に遊びに来たら、お喜美さんのおっ母さんをお嫁にもらっていたの。私は何も知らなかった。あのときは泣いたわ」

大昔の初恋を、微笑みながら懐かしむ。

「もしや、お利喜さんの叶えたい恋というのは、そのお喜美さんのお父さまへの――」

卯野は、辺りを憚《はばか》りつつ小声で訊ねた。

その恋だとしたら、不義になってしまうからだ。

するとお利喜は、楽しげに声を上げて笑った。

「いやですよ、まさか。違います。お喜美さんのお父つぁんは、もう亡くなっていますしね」

「では、やはり旦那さまかしら」

「私に夫はおりません。一度もお嫁にいっていないの」

あ、と卯野は唸った。

娘がいると聞いていたから、当然、夫もいるものと思ったのだ。

不用意に、失礼なことを言ってしまった。

しかし、お利喜は、うろたえる卯野のことなど一向に気にするふうもなく続けた。

「娘のころ、約束をしたひとがいるんですよ。好いて好いて、好き合って。ところが、どうしても別れなければならないことが起きてしまった。それでも、いつか迎えに来る、きっと来る、この菊が咲き続けるかぎりは忘れないで待っていてくれ――」

「ずっと待っていらっしゃるのですか」

「ええ」

お利喜は、夢見るように微笑んだ。

「一度もお嫁に行かずに、約束を信じて……」

「もちろん」

「でも時には、そのひとを憎んだり恨んだりもなさったのね。けれどもそんな自分が嫌になって、いつの間にか自分自身を憎んだり恨んだり……」

「あら。私の言ったことを覚えていてくださったのね」

やはりお利喜はあのとき、自身の経験から得たことを話してくれていたのだ。

その通り、と頷くお利喜の瞳が一瞬、陰りはしたが、すぐに穏やかな輝きが戻った。

「あれからもう三十年。あれこれ思い悩みはしたけれど、結局こうして今もまだ待ち続けている……」

卯野は、改めて鉢植えを見た。——約束の菊。

「彦兵衛さんが、ずっと大事に育ててくれているんです。毎年、挿し木をして新しい花を咲かせて。でももう、この花も年老いてきたのかしらねえ」

ため息をつきつつ、葉に触れた。

「今年は、なかなか咲いてくれない。願掛けのようなつもりで、お卯野さんに髪を結ってもらったのだけど、それでも咲かないわねえ」

卯野が髪を結うだけで、恋が叶うわけはない。ましてや、花を咲かせられるはずもない。

かける言葉を思いつけず、卯野はお利喜の隣で、ただ菊を見つめた。

わかってはいるのだが、むなしく、せつなくなってくる。

と、ふいにお利喜が咳き込んだ。

卯野はあわてて、お利喜の背に手を添える。

「どうなさいました」

胸の奥から息を吐き出すような、妙な咳だ。

しばらく咳を繰り返し、おさまっても咳のし過ぎで痛めたのか脇腹を押さえていたあと、ようやくお利喜は一息ついた。

「風邪でもひいたかしらね」

「皆さんのところへ戻りましょうか。少し寒くなってきましたし」

「ごめんなさい、心配かけて。私もこの菊と同じように、年老いてきたのだということね」

おどけて笑ったものの、すぐにまた咳が出た。おさまるまで、卯野はお利喜の背をさすっていた。

「さあ」

と卯野がうながすと、お利喜は寂しげに菊を振り向く。

「蕾《つぼみ》すら見えないなんて、今年はもう待っても無駄でしょうか」

「どんな花が咲くのですか」

「炎のような花」

お利喜は、ぽつりと言った。

「江戸菊です。はじめはおとなしく開いた花びらが、日が経つにつれて、竈《かまど》の中の炎が渦巻くように乱れてゆくの」

炎と言われて、卯野の背中は、ぞくりと冷えた。やはりどうしても、火事を思い浮かべてしまうからだ。

お利喜はすぐに、それと悟り、気づかってくれた。

「ごめんなさい、いやなことを思い出させてしまいましたね」

「いえ……」

卯野は首を振り、頭の中に浮かんだままの炎の色を消し去った。

卯野とお利喜が皆のもとへ戻ると、お小夜が疲れて眠り込んでいた。

「そろそろ……」

とお喜美が言った。

早くも陽は傾いて、風が冷たくなり始めている。八重が寒そうに肩をすくめ、空を見上げた。初めて会うひとばかりの中で、八重も少し疲れたようだ。

東屋に広げたままだった弁当などを片づけて、帰り支度をしたところへ、女中が走ってやって来た。

「どうした」

彦兵衛が訊ねると、お客さまです、と女中は答える。

「やれやれ、誰だろうね」

立って行こうとした彦兵衛を、女中がとどめた。

「それが、お菊さまなんですよ」

女中の目が、お利喜へと向けられた。

「あらいやだ。何をしに来たのかしら」

「お利喜さまがなかなかお戻りにならないのを心配して、わざわざ出ていらしたようですよ」

「放っておいてくれればいいのに」

心底、いやそうに、お利喜は強く眉を寄せた。

お菊というのは誰だろう。

戸惑う卯野に、お喜美がそっと教えてくれた。

「お利喜さんの娘さんですよ」

女中がお利喜を母屋へと追い立てるので、なんとなく皆もついて行くことになった。

先ほどの門を再びくぐるとき、卯野はちらりと、お利喜の菊へ目をやった。お利喜も同じようにするのが見え、そのあと、なんとなく目が合った。お利喜は、ふっと微笑み、あとは顔を上げて歩いて行く。

母屋は、茅葺屋根《かやぶきやね》の大きな田舎家《いなかや》で、広々とした座敷がいくつもあった。一番奥の座敷に、落ち着かなげな様子の女がひとり、座っていた。

鳶色《とびいろ》の、亀甲文様《きっこうもんよう》の小紋を着た、背の高い女だ。あれがお菊なのだろう。三十前後、お喜美とおなじくらいの歳に思われる。

一同が入ってゆくと、すぐに立ち上がり、お利喜に駆け寄って来た。

「お母さん、心配していたのよ、なぜいつまでも戻って来ないの」

よく通る声で、きびきびと話す。

「何を心配するというの」

「お母さんの体をですよ」

「何も心配はありませんよ」

立ったままの母娘のやりとりを聞き、卯野は、先ほどのお利喜の妙な咳を思い出し、つい口を挟んだ。

「お利喜さん、さっき咳をしていらした……」

お菊が、素早く卯野へと目を向ける。

「咳をしていましたか」

「ええ」

「私の心配は、それなんです。お母さん、ここのところよく咳をしていて。風邪だろうからおとなしく養生してちょうだいと言ったのに、毎年のことだからとこちらへ遊びに来てしまって。しかも、なかなか戻らないでしょう。さすがにしびれが切れました」

それで、迎えに来たのだという。

お菊は心底、母のことが心配でならないようだ。先ほどからずっと、母の手をしっかりと握りしめている。

しかしお利喜は、わずらわしそうにまた眉を寄せた。

「私の菊が咲くのを見届けるまでは帰りませんよ」

しかし、娘の手を振りほどこうとはしないのを見るに、心配してくれるのをありがたいと思ってもいるようだ。仲のよい母娘なのだろう。

「まだ咲かないの」

お菊が訊ねる。

「咲かないから、帰れないんです」

「そう……」

ため息をつき、納得しているのから察するに、お菊も母の恋を知っているらしい。

「私もしばらく、白屋で厄介になろうかしら」

「だめです。おまえにはお店があるでしょう」

そこでお利喜は、卯野母娘に目を向けた。

「王子村の実家の料理屋を、今はこの子が継いでくれているんですよ」

事情を知らないだろうと、気づかってくれたのだ。

「こちら、髪結いのお卯野さんと、そのお母さま」

紹介されて、母娘は同時に会釈をした。

「お卯野さんは、恋を叶える髪結いと呼ばれているのよ。私のこの髪も、お卯野さんに結っていただいたの」

どうかしら、と気取ってみせる母に、お菊は微笑んだ。

「恋を叶える髪結いさんですか。いいわねえ」

「きれいになったでしょう」

「そうね、本当に」

「またお卯野さんに髪を結ってもらいたいし、まだ、しばらく白屋さんでご厄介になりますからね」

「いいの、お喜美ちゃん」

お菊がお喜美に訊ね、いいわよとお喜美が答える。

「せっかくだから、お菊ちゃんも一晩くらい泊まっていきなさいよ」

などという話も出て、すっかり和やかな雰囲気になった。

お喜美とお菊は同い年の幼馴染だといい、白屋の子どもたちも〝お菊おばちゃん〟と呼んで懐いている。

「また仕事に呼んでいただけそうじゃないの」

嬉しげに、八重が卯野に耳打ちした。

そうなれば嬉しい。また呼んでもらえたら、お利喜の恋が叶うよう、精いっぱいに心を込めよう。

四

「ほら花絵さん、針を入れる角度が違うんです」

よく見て、と八重は自分の手元を示してみせる。

はい、と神妙に頷き、花絵は針を刺すのだが、卯野の目から見ても、言われたとおりしているようにはまったく思われない酷《ひど》さだ。

「そこに入れた針が、どうしてそんなところに出てくるの」

「さあ……」

「ほら、もう一度よく見て」

「同じようにしているのに……」

しまいに、花絵は大きく肩を落とした。

母娘ふたりで武井家に来ていた。

先日、卯野と花絵が助けた大津屋の主人・伊助が礼をしに来るというので卯野がまず呼ばれたのだが、せっかくだから久しぶりに八重にも会いたいと、こちらの奥方の美津が招いてくれたのである。

伊助が訪ねてくるよりずっと早くから来てみると、花絵がお留から縫いものを仕込まれているところで、お留は八重を見るなり嬉しげな声を上げた。

「お待ちしておりましたよ、浅岡の奥方さま」

お留にとっては、こちらに奉公していた卯野はともかく八重は今も〝浅岡家の奥方さま〟であるようだ。

「花絵さんに縫いものを教えてやってくださいな。私はもうお手上げです。まったくこの子は、真っすぐ針を進められたためしがないんですよ」

お留の背に隠れ、花絵は卯野に、大袈裟なしかめっ面をしながら舌を出して見せている。

卯野は笑いをこらえながら、

「それはいいわ、お母さま、ぜひ」

と、お留の提案に乗った。

お留は後を八重に託し、台所へ行ってしまい、残されたのは卯野母娘と花絵の三人だけ。卯野の住まいにいるときのような、ふだんの気楽な気持ちになり、八重の、花絵への縫いものの指南が始まったというわけだ。

最初は花絵も、うるさいお留から逃れられると喜んでいたのである。しかし、針を刺すたび、下手をすると手を少し動かすだけでも八重から、

「それではだめです、違います」

と指導が入る。結局、

「お留さんのほうが、ましだったわ。八重さまは厳しすぎる」

弱音を吐いた、ちょうどそこへ虎之介がやって来た。

「厳しすぎるくらいでなきゃ、花絵の師匠なんざ務まらねぇだろ」

笑いながら「なあ、卯野」と、卯野の隣に腰を下ろす。

嬉しくて、卯野は自然に笑顔になった。

こちらに来てから虎之介の姿が見えなかったため、今日は留守なのだろうかと心配し、またどこかに泊まり込んでいるのだろうかと、もやもやしてもいたのである。

「あたしは着るものを自分で縫ったりしないもの、針の運びが下手だって困ることはないんですよ」

花絵は、手にしていた布を膝の上に放り出した。藍に白抜きの麻文様のそれは、元は浴衣だったのが寝間着になり手ぬぐいになりした末に、花絵の縫いもの修業のための端切れになったものである。

「ふだん、お針をするしないはどうでもいいこと。こうして一針一針に集中して心を落ち着ける時間を持つことが大事なんです。花絵さんは毎日、ふわふわと地に足のつかない過ごし方をしているでしょう。お針でもお花でもお料理でもなんでもいい、無心になって何かに取り組んでごらんなさい。だめだと言われたことを直す努力を真面目にしてごらんなさい。少しでも針の運びがきれいになったり、満足のいく花が生けられたりしたときにはきっと、やってみてよかったと嬉しくなるはずですよ」

うむ、と虎之介が頷く。

「そうなったらきっと、おまえのわがままも少し消えているだろうな」

「わがままが消えたら、あたしらしくなくなるでしょうけど、いいんですか」

花絵が、最後の抵抗をするかのように憎まれ口をきく。

「あらいいじゃない、わがままでない花絵さん。会ってみたいわ」

卯野が笑いながら言い、虎之介と八重も頷くと、花絵は観念して膝から端切れを取り上げた。

「しかし、八重どのの縫いものは大したものだな」

するすると針が動いてゆき、からだのどこにも余計な力がまるで入っていないふうなのが男の目から見てもわかると、虎之介が感心した。

「お母さまは、自分も何か仕事をしたいとおっしゃって、今、縫いものの仕事を探しているところなんです」

「なるほど」

八重が家に籠もりきりになってしまっているのが実は気になっていたのだと、虎之介は言った。

すると、それを聞きつけた花絵が手を止め声を上げた。

「だったら、あたしのここでのお針仕事をお願いしたいわ」

「花絵さんのすべき仕事を、私に肩代わりしてほしいということですか」

八重は呆れ返っているのだが、花絵は気にせず得意顔だ。

「お代は、はずむわ」

「お断りしますよ」

花絵が何か言い返そうとしたところへ、お留が浮かぬ顔で戻って来た。

何かあったのかと虎之介が訊ねると、お留はため息をつきながら座し、皆の顔を見回した。

「ただいま、大津屋さんから若旦那さまがいらっしゃいまして」

「ひとりなのか」

「はい」

「親父《おやじ》のほうはどうした」

「それが、今朝またお体の調子を崩されたとかで」

「来られなくなっちまったというわけか」

「はい」

「それは心配ですこと」

八重が眉をひそめ、お留が「本当に」と首を振り振り頷いた。

「大事ないと、よろしいのですけれども」

大津屋の若旦那は、また改めて伺いますと何度も何度も頭を下げてから帰って行ったという。

武井家を訪ねた一番の理由はなくなってしまったが、やがて午の膳が用意され、女たちだけでなく虎之介と新太郎も加わり、席についた。

千鶴が、台所を取り仕切った。『卵百珍』という料理本からあれこれ試した、卵づくしの膳である。

吸い物にたっぷりの錦糸卵が入っているのはもちろん、きのこの形に焼いたもの、擦った鶏肉と合わせて蒸したものなど、すべてが卵なのだ。

千鶴は得々と各々の料理について説明をしているが、卵に飽きた虎之介がいちいち茶々を入れるので、卯野は笑いっぱなしだった。

食事のあと、八重は美津とおしゃべりを始めた。卯野も、花絵と庭をのぞむ縁に並んだ。

「卵の御膳は、どうでした」

笑いながら花絵が訊ねた。奉公人である花絵は、午の席にはいなかった。

「楽しかったわ。卵の料理があんなにあるとは知らなかった」

ふたりのかたわらに置いた盆には、茶と菓子が置かれているが、その菓子も、卵で作られた甘い煎餅である。

卯野は、春島屋へ菊を見に行ったときの話を始めた。

「先日、髪を結わせていただいたお利喜さんて方のことを覚えているでしょう」

「ええ、もちろん」

春島屋はお利喜の親類で、招待されて出かけたこと。そのとき、お利喜から恋の話を聞いたこと。

「その菊が咲き続けているかぎりは待ち人が迎えに来ると期待を持てる、でも咲かなくなってしまったら——と、いうことなのかしら」

花絵は眉をひそめた。

「お利喜さんは、そう信じていらしたわ」

「娘のころの約束というから、もう何十年も前のことなのでしょう。ひとを恋する気持ちって、そんなに長く続くものなのかしらねえ」

「お利喜さんの恋は、続いているのよ」

花絵は、どうも信じきれないという顔で唸った。

「恋というもの自体、あたしはまだよくわからないわ」

「私もよくわからない」

卯野は苦笑し、

「〝お江戸の娘たちの恋を叶えるむすめ髪結い〟のくせに」

花絵が、からかう。

ひとしきり笑ったあと同時に、ため息をついた。

「お利喜さんほどのお歳になっても変わらず好きでいられるひとがいるというのは、今のあたしには、なんだか想像もつかないことだけど」

「私は、うらやましいな」

「あたしたちも、いつか恋をするのかしら」

「花絵さんには、縁談がいくつも持ち込まれるのでしょう。上総屋の若旦那の芳太郎さんとも、お話があったし。その中に、いいひとはいなかったの」

「他人から宛てがわれたひとに興味は持てないわ」

花絵は眉をしかめた。

花絵らしいと、卯野は笑った。

「ねえ」

花絵が続ける。

「お利喜さんには、お菊さんという娘さんがいると言ったわね。そのお菊さんは、約束のお相手の子どもなのかしら」

「わからない。なんだか誰にも訊《き》きづらくて」

「情けないわね、ちゃんと訊いていらっしゃいよ、気になるじゃないの」

「今度、白屋さんに呼ばれたら訊いてみようかしら」

「お利喜さんは、まだ白屋にいるの」

「ええ。菊が咲くのを信じて待つつもりのようよ」

「白屋の——、あの子、可愛かったわね」

「お小夜ちゃんね。あの子だけじゃなく、白屋の姉妹はみんな可愛いのよ。春島屋さんへも一緒して、楽しかった」

「ふうん」

「そういえば私、白屋のお内儀さんのお名前を、お利喜さんが呼ぶのを聞いて初めて知ったのよ。お喜美さん。お利喜さんの初恋のひとが、お喜美さんのお父さまだったんですって。腕のいい植木職人で、気風がよくて男前。もう亡くなっているそうだけど、会ってみたかったわ」

花絵は答えず、庭の築山《つきやま》へと目を遊ばせていた。そのまま煎餅を手に取り、

「お卯野さん、あたし……」

と呟く。

言いたいことがあるようで、花絵にしては珍しく真面目な顔でしばらく何か考え込んでいたのだが、ふいに煎餅を、ぽんと口に入れた。

「あら、おいしい」

と、卯野へ向けられたのは、ふだん通りの華やかな笑顔である。

「先日のかすていらは酷かったけれど、これはおいしいわね」

食べてみなさいよ、と促され、卯野も煎餅を口にした。

「ねえ。あたし、いいことを思いついたの」

花絵は続ける。

「八重さまのお仕事のこと」

「お母さまの――」

「叶屋のお針をお願いするのはどうかしらと思って。おかげさまで、ますますうちの袋物は売れに売れてお針子さんたちの仕事が追い付かないほどなの。ね、いい考えでしょう」

叶屋にはお針子のための作業場が用意されており、そこで仕事をする者と、自宅で仕事をする者とがいるという。

「どちらでもいいの。でも、大勢と一緒に仕事をするのでは八重さま、気後れなさるかもしれないわね」

元は八丁堀の奥方だったのが初めて仕事をするのだから——と、花絵は気遣ってくれた。

「とにかく、八重さまのお気持ちを訊ねてみましょう。それから姉に話を通すことにするわ」

「叶屋さんのお針が、お母さまに務まるでしょうか」

「あれほどの腕前なのよ、大丈夫でしょう」

花絵は太鼓判を押してくれた。

やがて午後の陽は傾き、卯野母娘は帰り支度を始めた。

花絵の申し出を、八重は喜んで受け入れて、早いうちに細かい話をしましょうということになった。

五

卯野が、仕事のためにふたたび八丁堀へ出かけたのは、それから数日ののちのことであった。

八丁堀にある小さな櫛屋《くしや》の娘が、友だちから卯野の評判を聞いたといって髪結いを頼んできたのだ。

伊雑大神宮の門前にある店だった。仕事帰りに神社に寄ってみると、参道に、花屋の仮店が出ている。

棚に飾られた鉢の中に菊があり、卯野はつい足を止めた。

菊は鉢が三つある。潤いを帯びた肉厚の花弁が印象的な、薄紫の大輪。花弁が複雑に絡み合う、純白の花。針ほどに細い花弁が太陽のように開いた、深紅の花。どれも個性的で、きれいだ。菊の種類に疎い卯野にはわからないのだが、きっと、それぞれ名前があるのだろう。

いつもなら、うっとりと見入ってしまうに違いないのだが、今はやはり春島屋で見たお利喜の菊が思い浮かび、気持ちが沈む。

あの菊に、せめて蕾はついただろうか。無事に咲くだろうか。そして、お利喜の待ち人は戻るだろうか。

思いをめぐらせているところへ、声をかけられた。

「先日の娘さんではありませんか」

振り向くと、大津屋の主人の伊助である。

「大津屋の旦那さま」

「ああ、やはりあのときの娘さんだ」

「こんにちは」

と応じつつ、偶然の出会いに卯野は驚いた。しかしすぐ、大津屋はこの辺りにあるのだったと思い出す。

「お体はもう、よろしいのですか」

まずは、それを気遣った。

「ありがとうございます。おかげさまで、無事に過ごさせていただいております」

「それはよろしゅうございました」

「先日は、武井さまへお礼に参るつもりが失礼をいたしまして……」

「武井の皆さまも、心配していらっしゃいました」

ご挨拶にはまた改めて参ります、と伊助は神妙に言った。

「で、お嬢さんは八丁堀で何を――」

仕事の帰りです、と卯野は答える。自分は髪結いで、すぐそこの櫛屋の娘さんの髪を結ってきたところなのだ――と。

「櫛屋の。お亮ちゃんですかな。まだ十にもならない可愛らしい娘さんだと思いましたが、髪結いですか」

「もう十三におなりですよ」

はじめての髪結いに、卯野を呼んでくれた。

それまでは母親に結ってもらったり、母親の頼んだ髪結いに結ってもらったりしていたのが、子ども扱いは嫌だと言い出した。おしゃれへの興味がふくらみ、母親の口出しを疎ましがる年ごろになったのだ。

恋を叶えるのを期待されるのではなく、お亮のような少女にはじめての髪結いを頼まれることが多くなってきた。卯野なら年齢も近いからと、親しみを持ってもらえるらしい。

「菊がお好きですか」

伊助は、卯野の隣から鉢植えの棚をのぞき込んだ。

「あ、特に好きというわけではないのです。いえ、きれいなお花はみんな大好きですけれど。先日、春島屋さんの菊を見せていただいてきたばかりなので、つい惹かれて見ていました」

すると、伊助の目がわずかに見開かれた。

「春島屋さん……」

なぜだろう。訝《いぶか》しく思っていると、それを見て取り伊助が続けた。

「春島屋さんには、うちの庭をおまかせしているんですよ。時折、訪ねもします。実は先日、助けていただいたときも、春島屋さんからの帰りでした」

「そうでしたか。私は、お客さまから誘っていただきました。春島屋さんのご親戚の方だったので、随分とよくしていただきました」

「ご親戚の方とは、どなたでございましょうかね」

「ご存知でしょうか、王子村のお料理屋さんの方で、お利喜さん」

「お利喜さん……」

噛《か》みしめるように、伊助はその名を口にした。目許、口許がやわらかく緩む。

知り合いなのかと思ったが、伊助は首を振った。

「存じませんなあ」

しかし、幸せそうに微笑んでいるのである。

首をかしげる卯野に、伊助は会釈をした。

「では、手前はこれで」

そのまま歩き出したのだが、いくらもいかないうちに、背を丸めるようにして立ち止まった。

後ろから見ていても、胸の辺りを押さえているのがわかる。

卯野は、あわてて伊助に駆け寄った。

「どうなさいました」

「いえ、少し……」

呻《うめ》くように言い、胸に当てた左手を拳に握り、苦しいのに耐えているようだ。

先日ほどの苦しみではないようだが、明らかに具合が悪い。

「歩けますか」

伊助は頷いた。

「お店まで、お送りしましょう」

そんな必要はないという意味なのか、伊助は力なく首を振ってみせる。

声も出せないようなのに、ひとりで帰らせるなど、とんでもない。

卯野は、伊助の背に手を添えた。

「さ、参りましょう」


大津屋は、鳥居をくぐり参道を抜けると、探さずともすぐ目に入った。店先に、開いた傘がいくつも置かれているのである。

伊助を支え、ゆっくりと歩いていくと、ちょうど外に出ていた奉公人の少年がすぐに気づき、飛んできた。

「旦那さま、どうなさいました」

卯野が答えようとしたのだが、伊助が気丈に声を出した。

「いや、少し苦しくなっただけだ」

弱々しい声ではあるが、主人の意識がはっきりしていることに安心したのか、少年は

「旦那さまが」と叫びながら店の中に戻っていった。

　ほどなく、女が走り出てきた。

「お父つぁん」

と呼びかけ、伊助に駆け寄り、背後から抱きつくようにして顔をのぞき込む。

　この女は、伊助の娘のようだ。

「いつの間に出かけていたの。行きたいところがあるのなら、あたしがご一緒しますよと言ったでしょう」

　涙まじりの声である。とにかく心配でたまらないのだろう。

　先ほどよりもいくらか良くなってきたようで、伊助は、今度はしっかりとした声で娘に答えた。

「もう大丈夫だ」

「でも、お父つぁん」

「この娘さんが、また助けてくださったのだよ」

　卯野を見下ろし、微笑んだ。

「また、というのは」

　娘は、卯野から伊助を引き取りながら訊ねた。

「前に、室町でわたしを助けて武井さまのお屋敷まで連れて行ってくださった娘さんの、ひとりだよ」

「まあ、あのときの」

娘はそのまま伊助を助けて歩き出し、店の横の路地へと入ってゆく。卯野もそのままついて行くかたちになった。

路地を通って裏手にまわり、家の者が使う玄関に着くと、娘は卯野を振り向いた。

「どうぞ、お上がりくださいな」

「いえ、私はこれで」

伊助が無事、家に帰ることが出来たと見届けられたらそれでいい。

しかし娘は、そんなわけにはいかないと、半ば強引に卯野を招き入れ、伊助もそうしてほしいと言い出して、卯野は結局、大津屋に上がり込むことになってしまった。

娘とふたりで、伊助を寝間まで連れて行った。娘が床をのべる間、卯野が伊助を支えていた。

ちょうど伊助を床に寝かせたときに、先ほどの少年が掛かりつけの医者を連れてやって来た。

医者の見立てでは、脈も呼吸も落ち着いており、このまま静かに寝ていれば大丈夫だろうということだった。

「まだ無理はいけませんなあ」

伊助とおなじくらいの歳の医者は神妙に言い、少なくとも三日は床にいるように、その後もしばらく出かけたりはせぬように、店に出るのもいけないと続けた。

やがて伊助は眠り込み、少年が医者を送っていった。

「父を助けてくださって、本当にありがとうございました」

娘は改めて卯野に頭を下げ、春と申します、と名乗った。

「卯野と申します」

卯野も名乗り、髪結いをしていると添えた。

一服していってくれと言われ断り切れず、卯野は導かれるまま通された居間で、お春と向き合った。

二十歳《はたち》を三つ四つ過ぎた、といった歳のようである。

「お父つぁんが心配で、ちょうど様子を見に来たところだったんですよ」

お春は、火鉢から鉄瓶を取り上げつつ笑った。

「兄が商いのことで今日は出かけると聞いていたものだから、心配で」

お春の嫁入り先は、すぐ目と鼻の先の漬物屋だそうで、幼馴染との腐れ縁的な結婚なのだと言った。

「子どものころからのつきあいのまま、なんとなく一緒になっちゃったようなもので。つまらない話でしょ」

と肩をすくめるが、自信にあふれ満ち足りた様子から察するに、幸せな毎日を過ごしているようだ。

そこで、会話は途切れた。

初対面の相手と、いきなりふたりきりになるのは、さすがに気づまりだった。仕事のときなら髪のこと、飾りのこと、あれこれ話題を見つけられるのだが——と、卯野は困り果てていた。

「どうぞ」

お春が茶碗《ちゃわん》を差し出した。

「ありがとうございます」

間を持たせるため、茶を口に運んだ。

「どこで父を拾ってくださったんですか」

お春が会話をつないでくれた。

「お宮さんで」

「遠くへ行ったわけではなかったのね」

「露店の菊を見ていらしたんです」

「菊」

お春の眉が歪んだ。

「菊ですか」

苦々しげに言うので、卯野は驚いた。

「菊が何か……」

「あれほど具合が悪いのに、それでも菊が気になるなんてまったく、お父っぁんの気が知れない」

お春の声には、怒りまでが混じり始めた。

「先日、助けていただいたときも、春島屋まで菊を見に行った帰りだったんですよ、お父っぁん」

「春島屋さんまで、わざわざですか」

「春島屋で、お父っぁんの菊を育ててもらっているんですって。毎年、菊の季節になると、いつ咲くかいつ咲くかとせっせと通っては見に行くんですよ。あたしは一度も連れて行ってもらったことがありませんけどね」

お春は、ふんと鼻を鳴らした。

卯野は呆然《ぼうぜん》としていた。

まさか――と、胸の中で繰り返す。まさかまさか、そんなことはあるだろうか。

春島屋で育ててもらっている菊。毎年、咲くのを確かめに行く。――お利喜のしていることとおなじだ。

お利喜の恋の相手が伊助であるということなど、まさか……。

「その菊、今年はもう咲いたのでしょうか」

「まだだそうですよ。だからお父つぁん、気になって気になって仕方ないの。春島屋へは必ずひとりで出かけるのだけど、今はひとりではどこへも行けないから、花屋の菊を見に行ったのでしょう」

今年はまだ咲いていない菊……。

きっと、そうだ。

卯野の胸が鳴り始めた。お利喜の待ち人は伊助に違いない。

「お父つぁんの思い出の菊だそうですけどね」

お春は、相手が初対面の卯野であることを忘れてしまったようで、怒りを隠しもせずに続けた。

「あたしにとっては忌々しいだけの菊ですよ。お父つぁん、その菊が咲き続けるのだけを心の支えに、この店の婿としての務めを果たしてきたんですから」

もともと大津屋の手代であった伊助は、先代の主人に気に入られ、ひとり娘の婿として迎えられることになった。

しかし、伊助には夫婦約束を交わした恋人がいたのだ。

「だったら、婿にと望まれても断ればいいんですよ」

お春は無茶なことを言う。

恩ある主人から望まれたら、断れるわけがない。しかもそのとき先代は病の床にあり、店の行く先とひとり娘の将来を案じ、思いつめていたのだから。

伊助は結局、恋人に、

『いつか必ず迎えに行くから、また一緒になろう』

と約束し、大津屋に入ったのだった。

「ひどい話よね。そんな空《むな》しい約束をされても、あたしだったら怒って詰《なじ》って、殴ってやるわ。相手のひとが可哀想《かわいそう》」

お春は、伊助の恋人を思いやる。

「まあ、そのひとはお父つぁんのことなんか忘れてしまっていて、お父つぁんの独り相撲なのかもしれないし、お父つぁんだってただ昔を懐かしんでいるだけなのかもしれませんけど」

お春と、兄の徳太郎がその思い出話を聞かされたのは、伊助が最初に具合を悪くしたときだったという。

「あたしと兄を枕元に呼んで、いつか必ず約束を果たすつもりだ――って」

それまでも春島屋の菊を見に通っていたが、理由を聞いたことはなかった。そのとき初めて、思い出の菊だの、昔の約束だのと言い出したのだ。

「兄さんは、大津屋の主人としてしっかり務め上げたのだから許してやれ、親父だってひとりの男なんだから——って……」

そこで、お春は肩を落とした。

「でも、あたしは嫌だわ。おっ母さんのことを思うと……」

泣き出しそうな顔になる。まるで幼い娘のようで、見ている卯野の胸も痛んだ。

しかし、卯野はお利喜のことも知っている。

お利喜も約束を忘れていない。毎年、菊が咲くのを待ち、いつか約束が果たされるのを待ち続けて生きている。

やがて、

「ごめんなさいね」

照れたように、お春は詫《わ》びた。

「つまんない愚痴を聞かせてしまって。こんなことを聞かされても困ってしまうわよねえ」

てきぱきと動き出し、茶を入れかえるというのだが、卯野はそれを断った。

「そろそろ、お暇《いとま》いたします」

卯野が腰を上げたところへ先ほどの少年がやって来て、開いた襖《ふすま》の陰から顔を出した。

「お嬢さん、お客さまです」

「あたしにお客なの」

「いいえ、旦那さまに」

「商いのことかしら。あたしじゃわかりませんよ。お兄さまは、まだ戻られないのかしら」

「戻られたばかりのところなんですが、ちょうど贔屓のお客さまがいらして。お相手をなさっていて手を離せないものですから、お嬢さんにお願いできないかと」

「一体、誰がお父つぁんを訪ねてきたの」

「春島屋さんからのお使いです」

「春島屋……」

まさしく今、春島屋の菊のことを話していたばかりだったのが災いし、お春は一気に不機嫌になった。

「お父つぁんは具合を悪くして寝ているからと、追い返しておしまい」

「え、わたしが追い返すのですか」

少年は尻込みしたが、

「おうい、宗助《そうすけ》」

表のほうから聞こえた男の声に「はあい」と応えた。

「お客さまは、俺がお連れするよ」

「若旦那さまのお手が空いたようです」

ほっとした顔で逃げ出そうとする。すると、お春も立ち上がった。

「あたしも行きます」

さっさと部屋を出てゆく。お春は、卯野のことなど頭にないようである。

自分はどうしたものかと束の間《つかのま》、迷いはしたが、卯野もすぐお春の後を追った。春島屋の使いが何を伝えに来たのか、知りたい。

お春は店先へ行こうとしたようだが、奥へやって来る男の姿に気づいて立ち止まる。

「ああ、兄さん、あたしもそちらへ行こうとしていたところで――あら」

男――お春の兄・徳太郎は、客を案内してきたところだった。

「お兄さん、お父つぁんは今、やすんだばかりのところなんですよ」

非難めいた妹の言葉に、徳太郎は苦笑する。

「知っているよ。でも、お父つぁんが待ちわびていた知らせを持ってきてくれたのだからね」

徳太郎の背後から会釈をした人物を見て、卯野は驚いた。春島屋の主人、彦兵衛である。使いどころか、主人が直々にやって来たのだ。

彦兵衛は卯野を覚えており、向こうも驚いた顔になった。しかし、互いに挨拶をするより早く、お春が、

「ほんの少し前に、胸が苦しいと言いながら帰って来たばかりなのよ」

と喚《わめ》き出したため、その機会を逸してしまった。

「だめよ、今日は帰ってもらいましょう」

彦兵衛が、申し訳なさそうに身を縮めている。

「お父つぁんが会うと言っているんだ。ほんの少しだけだ。わざわざ千駄木から来てくださったんだよ」

徳太郎にやんわりとたしなめられ、彦兵衛の様子にも気づいて恥じ入ったのか、お春は黙ることにしたようだ。

「さ、こちらへ」

伊助の寝間へ、徳太郎が彦兵衛を導いて行くのに、おとなしくついて行った。

卯野も、お春の後を行く。

伊助は、起き上がってはいないものの、しっかりと目を開けていた。

「彦兵衛さんが、わざわざ来てくださいましたか」

本当は起き上がりたいようだが、さすがにそれほどの力は出ないようだ。

「お体を悪くしているとうかがいましたからね。伊助さんは菊を見に、来たくとも来られないだろうと思いましてね」

「それにしても、使いを出してくださるだけでよかったのに」

「いやいや、大事な知らせですから」

「では、咲きましたか」

「まだ蕾ですが」

「そうですか、蕾がつきましたか」

伊助の顔が、ほころんだ。

お利喜と伊助の菊に、蕾がついたのだ。卯野もすっかり嬉しくなり、帯の前でそっと手を合わせた。

「伊助さん、実は今、お利喜はこちらに出て来ているのですよ」

そろそろ——と、彦兵衛は言う。

「もうそろそろ、よろしいのではありませんか。すぐに花が咲きますよ。今年こそ、花が咲いたら——」

お利喜を迎えに行ってやってもよいのではないか。

しかし伊助は、きっぱりと首を振った。

「まだです」

「しかし伊助さん」

「まだなんです。まだだめだ。花が咲けばいいわけではない」

「しかし……」

「今年も花が咲いた、今はまだそれがわかるだけでいい」

「命はいつまでもあるもんじゃありませんよ」

彦兵衛は、床の中の伊助を痛ましげに見た。

「それは重々、承知の上」

「あんたのこだわりはわからんでもないが――」

「わざわざありがとうございました」

伊助は、彦兵衛の言葉を遮り、顎を引いて頭を下げるような仕草を見せた。

彦兵衛は納得がいかない様子だが、病人の枕元に長居は出来ない。しぶしぶ立ち上がった。

するとと伊助は、彦兵衛の背を微笑んで見送りながら呟いた。

「もうすぐですよ。もうすぐ」

そのまま目を閉じ、眠り込む。

皆は、そっと寝間から引き揚げて、徳太郎は彦兵衛を見送りに出、卯野もそのまま帰るとお春に告げた。

「ごめんなさいね」

疲れた顔で、お春は卯野に謝った。

「とんだところをお見せしてしまって」

「いいえ、そんな」

むしろ卯野は、この場に偶然、居合わせられたのが嬉しかった。お利喜の恋がどんなものであるのかを、知ることが出来たのだから。

「子どもじみているかもしれないけれど、あたしはお父つぁんの菊が枯れてしまえばいいと思っている」

低く暗く、お春は呟いた。

「どうしてもいやなの。お父つぁんはあたしのお父つぁんなのに、違うところに実は家を持っていて、あたしたちを捨ててそこへ帰ろうとしている――そんなふうにも思われてしまって」

あたしのお父つぁんなのに。

その言葉を、お春は繰り返した。

卯野は、はっとした。

お利喜には、お菊という娘がいる。お菊が、もしも伊助の娘であるとしたら。まさに、お利喜とお菊は〝伊助が違うところに持っている家、そこにいる家族〟なのである。

お利喜の恋が叶うとき、つらい思いをするひとがいる――。

「ああもう、つい、つまんないことを愚痴ってしまって。本当にごめんなさいね。お卯野さんにはなんの関係もないことなのに」

お春は笑顔を取り繕った。

「いえ、それが実は――」

言ってしまっていいものか、わからぬままに卯野は口を開いた。

「関係ないとは言いきれないんです。実は私、お利喜さんという方を存じております。先日、髪を結わせていただいて。そのご縁で春島屋さんにお招きいただいて、こちらの旦那さまの菊を見せていただいて」

そこまで言って、お春の様子をうかがう。

お春は絶句していた。

どんな応えがあるだろうかと待ってみたが、お春は黙り込んだままだ。

やはり言うべきではなかったかと、居たたまれなくなり、

「ごめんなさい」

なぜだかそう呟いてしまったあと、卯野は改めて暇を告げた。

お春は無言で、通りまで出て卯野を見送ってくれた。

「では失礼いたします」

会釈をし、背を向けると「待って」と、か細い声がする。

振り向くと、お春の思いつめた目があった。

「そのひとは——どんなひとなのかしら」

「お利喜さんですか」

お春は頷く。

「どんなひと——、そうですね、とてもやさしくて可愛らしい方ですよ」

卯野は微笑む。

「そう……」

お春は力なく呟き、俯《うつむ》いた。


大津屋を出ると、卯野は自宅のある日本橋呉服町へは向かわず、八丁堀の組屋敷へと足を向けた。

武井家に寄ることにしたのである。

ちょうど午になるころで、空腹が気になり始めたのだが、我慢する。

家の者が使う玄関の前を小走りに横切ったとき、ちょうど出てきた虎之介と鉢合わせた。

「どうした、卯野」

足を止めて振り向き、虎之介の姿を見ると、いつものように会えて嬉しい思いがわいてくる。

しかし今日、会いたいのは虎之介ではないのだ。

「花絵さんはいますか」

「なんだ、花絵に会いに来たのか」

「はい」

「珍しいな。いつもは、花絵のほうが屋敷を抜け出して卯野に会いに行くのに」

「花絵さんは……」

「今日は逃げ出してはいないようだから、どこかにいるだろう。それより卯野、午だぞ、腹は減ってねぇか。向こうで千鶴がまた何か――」

「で、花絵さんは」

虎之介の言葉をろくに聞きもせず、ただ花絵はと訊ねる卯野に、虎之介は苦笑しつつ答えた。

「ちょっと前に井戸のところで見かけたよ」

礼を言い、卯野は井戸のある裏庭に向かった。

しかし井戸には誰もいない。水口から台所をのぞくと、花絵はそこにいた。ひとりで、流しで大根を洗っているところだった。

「お卯野さん」

はしゃいだ声を上げ、花絵は大根を放り出す。そして土間に降りると、卯野に駆け寄ってきた。

「どうしたの、お使いか何かなの」

「花絵さんに会いに来たのよ。今、すごいことが起こったの」

花絵はお留から、大根と青菜を洗っておくようにと命じられていたのだが、すごいことが起きたなどと言われたら、おとなしく従ってはいられない。

「なんなの、聞かせてちょうだい」

ふたりは並んで、上り口に腰を下ろした。

「今日は、すぐそこの松屋町《まつやちょう》の櫛屋のお嬢さんの髪結いにうかがったの」

その帰りに、また大津屋の主人・伊助を助けることになり、大津屋まで送っていくと——と、卯野は、お利喜の恋の相手がなんとあの伊助であることを知った経緯《いきさつ》を話して聞かせた。

「こんなことって、あるのねえ」

驚くべき偶然に、花絵は大きく目を見開いた。

「何十年も続いていたのはお利喜さんの恋だけでなく、お相手の伊助さんもおなじだったのね。すごいことね」

花絵は感嘆の声を上げた。

しかし、お春の悲痛な様子を思い出すと、卯野の気持ちは沈んだ。

「でも、伊助さんの娘さんは複雑な思いでいらしたの。当たり前よね。私だって、もしもお父さまにお母さま以外の想いびとがいて、いつまでもその恋を大事にしているばかりか、いつか迎えに行くという約束までしているなどと知ってしまったら……」

「お菊さんの父親のこと、誰かに訊けたの」

「あれから白屋さんには行っていないの」

「おそらく、伊助さんの子なのでしょうね」

「お利喜さんはお嫁にいっていないのだから、そうとしか考えられない。名前から考えても間違いないわよね、お菊ですもの、ふたりの約束の花……」

「ということは、大津屋の子どもさんたちにとって、お菊さんは母親違いの姉なのね」

花絵は、静かに言った。

「そうね。若旦那の徳太郎さん、娘さんのお春さん……おふたりがお菊さんのことをご存知なのかどうか、わからないけど」

「お利喜さんのことを嫌がっているのだから、お春さんはきっとお菊さんを姉として受け入れたくはないでしょうね」

「わからないわ。お利喜さんがどんなひとなのか気になる様子だったし、実際に会ってみれば……」

「そんなに簡単なことではないわよ」

「時間はかかるかもしれないけれど……」

「無理」

なぜだか言い張る花絵に、卯野は戸惑った。

「花絵さん、どうしたの」

訊ねると、花絵は口を引き結び、そのまま黙り込んでしまう。

なんだか居たたまれず、帰ろうかとも卯野は思ったのだが、気まずい思いのまま別れるのは嫌だった。

卯野も黙り込み、しばらく、ただ待ってみた。

やがて花絵は「ごめんなさい」と呟く。両手を膝の上で握りしめ、何かを考え込んでいるようだ。ためらいがちに卯野を見つめたが、すぐに目をそらし、しばらくするとまた卯野を見る。そして目をそらす。

「どうしたの」

やさしく問いかけても、まだしばらくおなじことを繰り返していたが、両手をさらにきつく握りしめたあと、意を決したように顔を上げた。

「あたしの秘密を話してもいいかしら」

「秘密……」

いきなりのその言葉に、卯野は面食らった。

「そう、秘密。知ってるひとは大勢いる秘密だけど、友だちにはまだ誰にも話していないわ。お卯野さんが初めて」

そんなことを言われたら、さすがに緊張してしまう。

しかし、秘密を話す初めての友だちになれたことは嬉しい。

「言ってみて」

かすれた声で、卯野はうながした。

花絵は、気持ちを落ち着けるように軽く深呼吸をした。

「あたしもお菊さんとおなじで〝片方の親が違うきょうだい〟がいるの」

「え」

「お絲姉さんとは母親が違う。そして――、父親が違う妹たちがいる」

真剣な目で、卯野を真っすぐに見据えてくる。

「あたしは、叶屋にとっては妾《めかけ》の子。本当の母親は」

そこで一旦、口を閉じた。ためらったのではなく、気持ちをさらに落ち着けるためのようであった。

「あたしの本当の母親は、白屋のお内儀なの」

六

その話を、卯野は八重にはしなかった。

ふたりきりで暮らすようになってからはどんなことでも母と分かち合ってきたのだが、さすがに、花絵の秘密を勝手に話すわけにはいかない。

夜の膳に向かう間も、片づけのときも、ついぼんやりとしてしまう卯野を、八重はもの問いたげに見てはいたが、何も訊ねてこなかった。

床についてからも眠れず、闇に目を遊ばせた。そして、昼間、花絵と交わした言葉のあれこれを思い返してみる。

花絵は、すべて話してしまうと、たちまちいつもの元気を取り戻した。この秘密を卯野に話すか話すまいか、しばらく悩んでいたのだという。

「こんなことを聞かされたら、お卯野さん、荷が重くてつらい思いをするかもしれないでしょう」

「とんでもない。話してもらえて嬉しいわ」

秘密を分かち合えるのは、互いに信頼し合えている証拠でもあるからだ。

「花絵さんが叶屋さんを出てこちらでお世話になっているのは、このことで何かあって悩んでいるせいなの」

　訊ねる卯野に、

「違うわ。あたしのただのわがまま」

　花絵は笑いながら首を振った。

「このことで何かなんて、ありゃしないわよ。白屋のお内儀とは顔を合わせたこともないと言っていいくらいだし。向こうはあたしを無視しているもの。あちらの三姉妹のこともよく知らない」

「お小夜ちゃんには会ったわね」

「ええ。可愛い子だった」

「あの子たちは花絵さんのことを知らないのね」

「たぶん……。知ったとしても、きっとあたしを受け入れてはくれないわ。大津屋の娘さんを見ればわかるでしょう。母親に、自分の知らない過去があるなんて知りたくないわよ。ましてや、白屋の子たちはまだあんなに幼いんだもの」

「花絵さんの気持ちはどうなの」

「あたしが、あの子たちをどう思うのかということかしら」

「姉妹のことも、お喜美さんのことも」

　花絵は、考え考え答えをくれた。

「興味はある。どんなひとたちなのか知りたい。でも、お内儀はあたしに関心を示さないのだから、きっと近づかないほうがいいのだろうなと思っている。――そんなところかしら」

「お喜美さんが花絵さんを無視するのは、叶屋のお嬢さんとして生きていくのが花絵さんの幸せだと思っているからなのではないかしら。娘の幸せを思うからこそ、身を引いた――」

「あたしは、白屋の三姉妹を守るためなのではないかと思うわ。あの子たちを傷つけたくないのよ」

「そうかしら……」

卯野には納得がいかなかった。

白屋の姉妹に対しても、花絵に対しても、四人とも自分の産んだ子なのだから母親としての思いは同じなのではないだろうか。

しかし花絵はそれを、鼻で笑いながら否定した。

「あのひとにとって、あたしは望まない子なのよ。身ごもりたくも、産みたくもなかった子。あたしとお絲姉さんの父親は、ろくでなしだった。もともとお絲姉さんの子守として奉公していたお内儀に手を付けて、身ごもらせて」

そして生まれたのが、花絵。

しかし花絵の将来を慮《おもんぱか》り、正妻の手で嫡出の子として育てられ、お喜美は叶屋が世話をして白屋に嫁がされたのだった。

なんと答えていいものかわからず、卯野は、開いた水口から裏庭へと目を遊ばせた。風が少し強い。陽ざしも薄く、まだ午を過ぎたばかりだというのにもう肌寒くなってきた。

ふるえる卯野の隣で花絵も、黙って同じ景色を見ていた。

最後に花絵が、ぽつりと言った。

「あたしのおっ母さんは、亡くなった前の叶屋のお内儀。たっぷりと可愛がってもらったもの、こんなわがまま娘に育つほどに。――それでいいのよ」

その声が、こうして床に入った今も耳の底にこびりついて残っている。

やはり、どこか寂しげな響きがあったように卯野は思う。

やがて、大津屋の若旦那・徳太郎の婚礼がつつがなく執り行われたとの話が卯野の耳にも伝わってきた。

伊助の体の具合も落ち着いているようだ。

蕾がついたという、伊助とお利喜の菊は咲いたのだろうかと気にしていたところ、白屋から髪結いの仕事で呼ばれた。

お客は三姉妹か、あるいはお利喜か……と出かけてみると、待っていたのは意外にも、お利喜の娘・お菊なのである。

はしゃいだお小夜に手を引かれ、いつも仕事をさせてもらう居間に入ってゆくと、

「こんにちは、お卯野さん」

鏡の前に座っていたお菊が振り向いた。

「今日はお菊おばちゃんの髪を結ってあげてね」

お小夜は卯野をお菊のそばへ導き、自分は店の手伝いをするのだと走って行った。

「にぎやかな子だこと」

お菊は微笑みながらお小夜を見送る。

居間には、卯野とお菊、ふたりだけが残った。お喜美も娘たちも店に出ているのだろう。お利喜もいない。どうしたのか、と訊ねると、お菊は心配げな顔になった。

「母はまだこちらでご厄介になっているんですが、ちょっと具合を悪くしまして。奥で横にならせていただいております。あたしは具合を見に出てきたの」

「そういえばお利喜さん、妙な咳をなさっていましたね」

卯野は風呂敷包みをかたわらに置きながらお菊の背後に座った。

「少し熱もあるようなんです。風邪かしらねえ。胸を悪くしたなんてことじゃないといいのだけど」

「そうですねえ」

頷きながら、卯野は先日、大津屋で聞いた、

『命はいつまでもあるもんじゃありませんよ』

という言葉を思い出していた。

彦兵衛が伊助に掛けた言葉だ。

伊助もお利喜も、健康ではないようだ。いつ、どんな異変が起きるかもわからない。

伊助がなぜ『まだ』と言うのか、その理由はわからないが、なるべく早く菊が咲いて、約束が果たされればいいのにと思う。

「では、失礼いたします」

卯野は、お菊の髪に櫛を入れた。

細いが、芯がしっかりしている。結いやすそうな髪だ。

「丸髷でよろしいですか」

「ええ。飾りは鼈甲だけで仕上げてちょうだい」

櫛や簪が、きちんと用意されていた。

まずは、力を込めながらゆっくりと、髪を梳ってゆく。

「お卯野さん、大津屋さんへいらしたのですってね」

お菊が、ふいに言った。

「え……」

「春島屋の、彦兵衛おじさんに聞いたのよ。大津屋さんにお卯野さんがいて驚いた、って」

「大津屋さんのご主人が具合を悪くしていらっしゃるのに出くわしたものですから、お店までお送りしたんです」

実は前にも一度、おなじことがあって。それはお利喜さんの髪を結わせていただいた帰り道で。

お菊の様子を探りつつ、卯野は続けた。こちらが何を知っているのかを、お菊がどこまで把握しているのかわからなかったからだ。

「それは不思議なご縁ね」

お菊は、しみじみと言った。

「お母さんと出会ったその日に、お卯野さんは、お父さんとも出会っていたなんて」

さらりと〝お父さん〟という言葉が出た。

そして、鏡の中のお菊がいたずらっぽい笑みを見せた。

「これだけ関わり合いになれば、もう気がついているでしょう。大津屋の伊助さんが母の待ち人で、あたしの父親なのだということ」

「……はい」

「あら、そんなに畏《かしこ》まらないで」

「でも……」

他人の心に土足で踏み込んだようで、気まずい。

「いいのよ、特に秘密にしているわけではないのだもの」

お菊は、改めて経緯を話してくれた。

伊助とお利喜の出会いは、お喜美の父の仕事――大津屋の庭の手入れについて行ったときだという。憧れのひとの仕事ぶりを見てみたかったのだ。

当時はふたりともまだ子どもで、伊助は大津屋に奉公に上がったばかりだった。

後になって思えば、互いに一目惚れであったのだろう。お利喜は春島屋へ遊びに行くたび大津屋の仕事について行っては、伊助に会えないかと心待ちにするようになった。

伊助もお利喜がいつ来るかと楽しみにしていた。

やがて大人になると、お利喜が大津屋の仕事について行くのは不自然だからと、外で待ち合わせてふたりきりの時間を持つようになったのだった。

「お喜美さんのお父さま――」

卯野は呟く。

お利喜の初恋のひとは、花絵の祖父でもあるひとなのだ。

「男前で気風がいい職人さんだったと聞きました」

「ちょっと見ないほどのいい男だったそうですよ。母は今でも、若い娘みたいに目を輝かせてそのひとのことを話すの。それに比べて伊助さんは今ひとつのひとなのに、それでもやっぱり伊助さんが一番だわ——って最後に付け加えてね」

お菊が屈託なく笑うのに、卯野も合わせた。

「けれどもやがて、伊助さんに大津屋の跡取り娘さんとの縁談が持ち上がって。どうしても断ることは出来なくて」

お利喜がお菊を身ごもっていると気づいたのは、その直後であった。

大津屋に入ると決めた伊助が迷わぬよう、お利喜はひとりでお菊を産んだ。

「あたしとお喜美ちゃんは、おなじ月の生まれなんです。だからずっと仲よし。母はお喜美ちゃんを可愛がってきたし、あたしもお喜美ちゃんのおっ母さんに可愛がってもらった。お喜美ちゃんが、たったの十七で子どもを産んだときも——」

言いかけて、お菊は、はっと口を閉じた。

「私、叶屋のお嬢さんとは友だちなんです」

卯野は、髷を作りながら静かに言った。

「では……、ご存知なのね」

「はい。といっても、花絵さんから聞いているだけで。お喜美さんは、私が知っているとはまだご存知ないのですけれど」

お菊は、大きくため息をついた。

「花絵さん……。それが、あの赤ちゃんの名前なのね。お喜美ちゃん、生まれた娘に名前をつけてあげることすら出来ずに手放さなくちゃいけなかったのよ。お喜美ちゃんは絶対、その名を口にしないから、あたしは今まで知らなかった」

「花絵さん……、名前の通り、美人で華やかで、わがままなところはあるけれども本当はやさしくて楽しい子なんですよ」

「あら、おじいさんに似たのかしらね」

「確かに……」

卯野は微笑んだ。

そしてなんとなく、話は途切れた。

卯野は髪結いに集中し、お菊は鏡を熱心にのぞき込んでいた。

やがて結い終えると、いつものように「いかがでしょう」と手鏡を渡した。

仕上がりを確かめるお菊を見ながら、卯野は訊ねた。

「お菊さんというお名前は、やはり、ご両親の思い出の花が菊だから名づけられたのですか」

「ええ」

お菊はまだ、手鏡を右へ左へと動かしている。

「どんな思い出なのでしょうね」

「あたしも知らないのよ。母は話してくれないの。大事な大事な秘密なんですって」

「お利喜さんと伊助さんは、別れて以来、一度も会っていないのでしょう」

「もちろん」

「でもおふたりとも毎年、その菊が咲くのを確かめるために春島屋さんへ出かけていたのですよねえ。よく鉢合わせしませんでしたね」

「それは、彦兵衛おじさんが骨を折ってくださったようよ」

お菊は手鏡を置き、卯野を振り向いて笑った。

「ありがとう、気に入ったわ」

仕事が終わり、卯野は片づけを始めた。

お利喜にも会っていきたいところだが、床についているというのなら迷惑になるだろう。

「お利喜さんに、よろしくお伝えくださいね」

「母もお卯野さんに会いたがっていたのですけどねえ」

「伊助さんとお利喜さんが早くまた会えるよう、そしてお菊さんも早くお父さまと会えるよう、私も願っておりますね」

と、卯野が立ち上がりかけたとき、表の店のほうからにぎやかな声が聞こえてきた。

「お菊おばちゃん、おじさんが来た」

叫びながら駆け込んできたのは、お小夜である。

「おじさんて、なあに」

「おばあちゃんのところに、おじさんが来たの」

「おばあちゃん……」

「母のことを、ここの娘たちはそう呼ぶの」

卯野の呟きに、お菊が答えた。

お利喜のところにおじさんが来た——まずは意味がわからず戸惑ったが、やがて、卯野とお菊は同時に「あ」と声を上げた。

「まさか……」

「まさか、伊助さんが」

慌てて表に出てゆくと、お夏とお千がお利喜を両側から支えて連れてきたところだった。

土間には、伊助が立っていた。

お利喜が子どもたちの手を振り切って駆け出し、裸足《はだし》のままで土間に降りる。

ふたりは、真っすぐ見つめ合った。

「迎えに来ましたよ」

伊助は微笑み、お利喜の頬に手を添えた。

お利喜は何も答えず、その手に自分を預けて甘えた。

それだけだった。それだけで、三十数年の月日がすべて溶けて消えてゆくのが、卯野の目にもよくわかった。

約束が今、果たされた。

伊助は本当に、お利喜を迎えに来てくれたのだ。


卯野は、ふわふわと浮き上がりそうになる不思議な気持ちのまま、帰り道を辿った。

まさか、再会の場に立ち会えるとは思わなかった。

興奮が、今もまだ胸の中で暴れている。伊助のやさしい顔、お利喜の安心した顔を思い出すと、あたたかな気持ちが湧いても来る。

このまま家に戻る気にはなれない。

卯野は、八丁堀へと足を向けた。

ぜひとも、花絵に話を聞いてもらわなければ。

日本橋界隈《かいわい》のにぎわいを抜け、静かな武家地へと足を進める。

伊助の『まだ』は、大津屋の婿としての務めを果たすまでは――という意味であった。

娘を嫁がせ、息子に嫁を迎えて身代をまかせる。そして何より、妻と添い遂げること――。

「お内儀さんが早くに亡くならなかったら、どうなっていたのかしら」

複雑な顔で、お喜美が呟いていた。

正直者で頑固な伊助のことだ、おそらく、みずから決めたことを守り、妻を大事にし続けたのだろう。

だとしたら、約束が果たされることなくふたりはいのちを終えていたかもしれないのだろうか――。

しかし、伊助はお利喜を迎えに来られた。起こらなかったことを思い描いても意味はない。

これからどうなるのかはわからない。徳太郎は父の気持ちを思いやり、許すつもりでいるようだったが、お春のあの様子は心配だ。

それでも、ふたりはもう二度と離れることなく生きてゆくのだろう。

やがて、武井家の冠木門《かぶきもん》が見えてきた。

向こうから、虎之介が歩いて来るのも見えた。どうやら、道場からの帰りのようだ。

卯野の姿に気づいた虎之介が、嬉しげな笑顔になったのが、卯野も嬉しい。

「虎之介さま」

名を呼び、卯野は駆け出した。

解説

大矢博子

文庫書き下ろし時代小説のシリーズものは、一九八〇年代、峰隆一郎《みねりゆういちろう》の剣豪小説から始まった。その後、二〇〇〇年前後から人情ものがシェアを伸ばし始め、今に至るまで、このジャンルの隆盛は続いている。

その中でエポックメイキングだったのは高田郁《たかだかおる》〈みをつくし料理帖〉シリーズ（ハルキ文庫）の登場だ。料理人という目標を持った女性を主人公に、職業小説としての面白さを前面に出しつつ、そこに家族や恋愛、そして主人公の成長をからませた。このヒットを機に、女性主人公のお仕事時代小説ともいうべき一大潮流が生まれる。

料理人だけでも多くのシリーズが出ているが、他にも立場茶屋、医者、菓子職人、縫い子、上絵師、代筆屋、損料屋、献残屋……あらゆる仕事を持つヒロインたちの物語は百花繚乱《ひやつかりようらん》。こんな職業があったのか、この職業は現代にもあるけど当時はこんなやり方をしていたのか——などなど、職業の内幕そのものの興味深さに加え、女性が働く上で出会う困難とそれを乗り越える様子を描いて、現代の読者に共感と元気を与える。それがこのジャンルの魅力だ。

そしてそこに、またひとつ楽しみなシリーズが加わった。倉本由布〈むすめ髪結い夢暦〉シリーズである。主人公の職業は廻《まわ》り髪結い――今でいう出張美容師だ。

本書は〈むすめ髪結い夢暦〉シリーズの第二巻である。まずはここまでの設定を紹介しておこう。

主人公は十六歳の卯野《うの》。八丁堀で与力を務める浅岡家に生まれた。幼い頃から髪を結うのが大好きで、道ゆく人の髪型を見ては自分で試してみたり、飾りの工夫を考えたりしている。だがその時点では、単なる趣味だった。

一巻で浅岡家に大事件が起きる。当主である兄が付け火の濡《ぬ》れ衣《ぎぬ》を着せられ、無実を訴えて抗議の切腹に及んだのだ。卯野が婿養子をとって浅岡家を継ぐこともできたが、母の八重はきっぱりと武家の株を売り払う。兄嫁は実家へ返し、母娘ふたりで町人になる決意をした。

初めは八丁堀の知り合いの家に奉公に出た卯野だったが、親しく付き合ってきた家だけに雇う側も雇われる側もどこかに甘さが出る。そんな卯野に声をかけたのが、世間でも高い評判をとっている女髪結いのお蔦《つた》だ。「お嬢さん、髪結いの仕事をしてみたらどうでしょうかね」――ただの趣味を、仕事にする。卯野は悩んだ末、新たな一歩を踏み出した。

　というのが第一巻の流れである。そこから本書は、女髪結いとして卯野が出会ったお客さんの物語——特に恋模様を描きながら、卯野がいろんなことを学び、成長していく姿が綴《つづ》られる。

　第一話で卯野が結うのは、酒浸りの父親に悩む同じ長屋の女性。彼女は裕福な商家の息子と恋愛中だが、身分違いであること、父親を見捨てられないことで悩んでいる。第二話は、お蔦の代理として訪れた家で娘の髪を結うが、翌日、その家に行ってみるとそんな娘はいないと言われたという奇妙な一件。それが思わぬ事件につながる。そして第三話では、若い頃に結ばれなかった恋人を思い続ける女性の白髪混じりの髪を結う。

　どの客もそれぞれ恋の悩みや問題を抱えており、卯野はそれに関わることになる。描かれる恋の形は美しいものばかりではない。恋と庇護欲《ひごよく》を混同していたり、歪《ゆが》んだ執着が暴走したり。卯野が髪結いとして成長する本筋とは別に、個々の物語はどれもしっかりしたテーマを持ち、独立した恋愛短編としても読み応えたっぷりだ。本シリーズの主人公は卯野だが、同時に彼女が狂言回しを務めるオムニバス小説なのである。

　それを可能にしているのが、廻り髪結いという職業設定だ。

　もともと倉本由布はジュニア小説家だったため（このあたりは第一巻の日下《くさか》三蔵《さんぞう》氏の

解説を参照されたい）、その流れで本書を手にとった若い読者もいるだろう。髪結い、という職業について説明しておこう。

読んで字の如《ごと》く、髪を結う仕事だ。男性の髷《まげ》を結う男髪結いと、女性の髪を結う女髪結いがいた。もちろん男性が女性の髪を結うこともあるし（遊郭や芸者など玄人筋に多い）、その逆もあったが、基本的に「女髪結い」と言えば、女性の髪を結う女性美容師を指すのが一般的である。

さらに髪結いには、店を持つ者と顧客の家を廻る者の二種類があった。店のことを〈床《とこ》〉と言い、理髪店を床屋と呼ぶのはここから来ている。

髪結い床は許可制で、誰でもすぐに開けるというものではない。床を開くためには組合に入り、権利（株という）を買わねばならないのだ。これがかなりの高額。したがって床を持てない髪結いは、客のところまで出張して仕事をすることになる。これが廻り髪結いである。

だがこれも組合に入っていることが前提で、無許可で廻り髪結いをするのは〈忍び髪結い〉と呼ばれる御法度だ。忍び髪結いを禁じる町触れが出たのは寛政五年。法度破りは江戸追放か商売取り上げの上に罰金とけっこう重い。実は同時期に、女髪結いの禁止の触れも出されている。あれ？　女である上に無許可の廻り髪結いって、卯野、だめじゃん！

いや、大丈夫。なぜなら、禁止とはいえ、忍び髪結いも女髪結いも、実際は営業を続けていたから。客にしてみれば安くて腕がいいなら、忍びだろうが何だろうが関係ないのである。さらに女性の髪結いは、夫を亡くした妻が身を立てる数少ない方策でもあった。すべてを禁じることは、未亡人支援の観点からも難しかったのだ。

だが本書の舞台となっているのは天保年間。実はこのあと天保の改革で女髪結いはさらに厳しく取り締まられるのだが……それはまあ、先の話。

この廻り髪結いを主人公にした名作が宇江佐真理《うえざまり》の〈髪結い伊三次捕物余話〉シリーズ（文春文庫）だ。廻り髪結いの伊三次は髪結いの傍ら八丁堀の同心の小者をやっており、客先で情報を聞き込んでくる。廻り髪結いという職業の特性を活《い》かした設定で、形式だけ見れば本書もこれに近い。

翻って床を舞台にしているのが、今井絵美子《いまいえみこ》〈髪ゆい猫字屋繁盛記〉シリーズ（角川文庫）。こちらは人が集まってくるという床の特徴を利用し、情報の溜《た》まり場として描かれている。和久田正明《わくだまさあき》〈髪結の亭主〉シリーズ（ハルキ文庫）も同じ方式だ。

こうしてみると、髪結いは廻りであれ床であれ、情報収集という点で捕物帳にうってつけなのがおわかりいただけるだろう。しかし倉本由布は、先行作とは別の道を選んだ。捕り物の風味もないわけではないが、なんといっても職業小説と成長小説、そして恋愛小説。この三要素を核にしたのである。これが本シリーズの最大の特徴だ。

職業小説という観点では、卯野の作業の手順がつぶさに描かれていることに注目。ぱさついた髪には椿油《つばきあぶら》を擦《す》り込むとか、布の色味をどう使うかなど、今のヘアメイクに通じる手技が多く出てくる。島田、丸髷、桃割れなど当時のヘアスタイルの名前が出てくるのも楽しい（このあたり、巻末にでも図解があるといいなあ）。独身のお嬢さんにはこれ、結婚したらこれ、というふうに髪型は年齢や環境でさまざまだったこともわかる。

恋愛小説という点では、各話のお客さんの恋愛模様が描かれるとともに、これから少しずつ卯野自身の恋も出てきそうな気配。

そしてまだ若い卯野が、趣味を仕事にしたことで職業人としての自覚を持つ様子が描かれるくだりが成長小説だ。友人の花絵《はなえ》が宣伝とばかりに「卯野に結ってもらえば恋が叶《かな》う」などという調子のいい噂《うわさ》を広めたが、最初は誇大広告に腰が引けたものの、今では「きれいになって自信を持って、恋を叶える勇気を持つ」手伝いをするのだと考えている。

これは特に女性にはとてもよくわかるのではないだろうか。髪を触ってもらう心地よさ。髪型を変えたときの浮き立つ気持ち。似合う、と思ったときの自信。そしてそれを、プロにやってもらうことで生まれる心の潤い。髪なんて清潔ならいい、自分でやるほうが経済的——それもひとつの考え方ではあるが、美容院できれいにしてもらったときの「よしっ!」というリフレッシュ感は、女性の生活にとってとても大事だ。

父親に殴られ、やつれていた娘が、髪を結ってもらって笑顔が戻る場面がある。おしゃれの持つ力だ。それを卯野は、本書は、繰り返し説いている。きれいでいることの効能。華美にするのではなく、自分に自信をつけ心に余裕を持つためのおしゃれ。誰に見せるためでもない、自分のためにきれいでいることがどれだけ心を潤すか。

私は冒頭で、女性主人公の職業ものは「現代の読者に共感と元気を与える」と書いた。この若き女髪結いの物語は、まさに、現代に生きる私たちに「きれいでいるのは自信を持って前を向くための支度なのだ」と、強く背中を押してくれているのである。

本書を読むと美容院に行きたくなる。現代の卯野にしばしの休息と元気をもらいに。おしゃれを楽しむ心の余裕をなくすほどに疲れたら、ぜひ、本書を手にとっていただきたい。このシリーズは、疲れた女性への特効薬なのだから。

(おおや・ひろこ　文芸評論家)

本書は、集英社文庫のために書き下ろされた作品です。

集英社文庫

迷《まよ》い子《ご》の櫛《くし》 むすめ髪結《かみゆ》い夢暦《ゆめごよみ》

2017年10月25日 第1刷　　定価はカバーに表示してあります。

著　者　倉本由布《くらもとゆう》
発行者　村田登志江
発行所　株式会社 集英社
　東京都千代田区一ツ橋2-5-10 〒101-8050
　電話 【編集部】03-3230-6095
　　　【読者係】03-3230-6080
　　　【販売部】03-3230-6393(書店専用)
印　刷　凸版印刷株式会社
製　本　加藤製本株式会社

フォーマットデザイン　アリヤマデザインストア　　マークデザイン　居山浩二

ISBN978-4-08-745655-4 C0193